Joachim Wöbking – Winnetou, ein Drehbuchentwurf

Für meine Schwester Elke

Winnetou-Fan-Film

Ein Drehbuch-Entwurf

von

Joachim Wöbking
Mike Dietrich

Bibliografische Information der Deutschen Nationalbibliothek
Die Deutsche Nationalbibliothek verzeichnet diese Publikation
in der Deutschen Nationalbibliografie; detaillierte bibliografische
Daten sind im Internet über http;//dnb.dnb.de abrufbar.

© Joachim Wöbking 2019
Lektorat: www.lektormeister.de
Herstellung und Verlag
BoD – Books on Demand
Norderstedt
ISBN: 9783749465262

Vorwort:

Als in den 60er Jahren der Karl May-Tsunami die Kinos in Deutschland überrollte, fühlten sich viele Fans dazu berufen, den Profis auf der Leinwand nachzueifern.

Es entstanden die ersten sogenannten Fan-Filme, die damals noch im SUPER 8 Format gedreht wurden.

Die meisten dieser Filme sind heute der Öffentlichkeit nicht mehr zugänglich, was eigentlich sehr schade ist, denn einige der relativ kurzen Streifen wurden mit sehr viel Liebe zu Karl May hergestellt.

Den ersten, ernsthaften Versuch einen Fan-Film zu produzieren, startete Mike Dietrich und sein Team mit dem Film:

Winnetou und der Schatz der Marikopas

Gedreht wurde in Kroatien - ein Umstand, der den Film durch die wunderbare Landschaft aufwertete.
Ein weiterer Pluspunkt war natürlich die hervorragende Musik von Martin Böttcher.

Wer für die Regie verantwortlich war, ist nicht zweifelsfrei festzustellen, da es verschiedene Angaben dazu im Internet gibt.

Frank Zimmerman und/oder Eugen Brähler werden oft genannt.

Das Drehbuch schrieb wahrscheinlich Frank Zimmermann unter dem Pseudonym „Gene Carpenter".

Darsteller:

**Mike Dietrich: Winnetou
Thomas Vogt: Old Shatterhand
Eugen Brähler: Old Surehand
Frank Zimmermann: Starker Büffel / Grinley
Dietmar Röske: Frank Mason
Stefan Lückert: Bärenjäger / Weiser Albino
Jutta Köchling: Ma-Schom-Pa /**

Rote Feder
Barbara Weinreich: Para-angare /
Weiße Taube
Uwe Mertel: Carter / Blitzmesser
Fritz Heier: Pedro
Meike Anders: Ribanna

Handlung:

Hoch oben im Felsengebirge verborgen liegt der sagenhafte Goldschatz der Marikopas. Der Hüter des Schatzes ist der weise Albino, der seit Jahren zurückgezogen in der Schatzhöhle lebt, und den die Marikopas als Stimme Manitus verehren. Nur der alte Häuptling Ma-Schom-Pa, sein Sohn Starker Büffel und seine Töchter Rote Feder und Weiße Feder kennen den genauen Fundort der märchenhaften Reichtümer.

Eines Tages dringt der berüchtigte Frank Mason mit seiner Bande Tramps in die Jagdgründe der Marikopas am Colorado River ein. Sie sind auf der Suche nach dem sagenhaften Schatz der Marikopas und scheuen auch vor Mord nicht zurück. Durch List und Gewalt gelingt es Mason und seinen Tramps, die Häuptlingstöchter zu entführen und den Verdacht auf Winnetou und seine weißen Freunde zu lenken.

Die Marikopas schwören Rache: Winnetou und alle Bleichgesichter sollen am Marterpfahl sterben. Auch der Bärenjäger, der seit Jahren auf dem Gebiet der Marikopas lebt und der Blutsbruder Ma-schom-Pas ist, muss um seinen Skalp bangen. Gemeinsam mit Old Surehand, dem besten Schützen des Wilden Westens, kämpft Winnetou für die Gerechtigkeit, doch erst als auch noch Old Shatterhand, der Blutsbruder Winnetous, eingreift, wendet sich das Blatt (Quelle: Wikipedia).

Kritiken:

Die Kritiken zu diesem ersten Fan-Film fielen natürlich unterschiedlich aus. Einige konnten sich vor Begeisterung kaum zurückhalten, andere wiederum sparten nicht mit Spott.

Hier eine Auswahl an Kommentaren, die bei AMAZON gepostet wurden:
(Rechtschreibfehler wurden nicht verbessert)

Bei diesem Film handelt es sich um eine Produktion von Karl-May-Fans aus Deutschland. Gedreht wurde an Originalschauplätzen wie zu Zeiten von Pierre Brice. Zwar reicht der Gesamteindruck nicht an die "PB"-Filme heran, dafür

entwickelt sich während des Anschauens ein ganz eigener Eindruck. Dieser Film ist für alle Fans ebenso geeignet wie für Leute, die sich sonst nicht für Klassiker und Western interessieren. Die schauspielerischen Leistungen, die Ton- und Bildaufnahmen, die Produktion und der Gesamteindruck sind (semi-)professionell. Hoffentlich handelt es sich nicht um eine Eintagsfliege! ... Und man sieht zukünftig mehr von diesen Leuten! Bad Segeberg goes DVD!

Ebenso positiv:

Wer wünscht sich nicht einen neuen Winnetoufilm!? Diesen Filmfans ist es gelungen, diese Romantik der Winnetoufilme zurückzuholen. Zwar sind es alles Laiendarsteller, doch haben sie es mit vielen kleinen Bildeinstellungen geschafft, dass Herz des Filmfans höher schlagen zu lassen. Natürlich hat die orginal Böttchermusik und die vielen bekannten Drehorte einen wesentlichen Anteil an das aufkommende "Glücksgefühl".

Sehr negativ und meiner Meinung nach manchmal auch ungerechtfertigt:

Das soetwas überhaupt mit Winnetou verglichen wird bzw den Namen trägt, ist eine frechheit

Vorweg: Natürlich stelle ich an einen Fanfilm längst nicht so eine hohe Erwartungshaltung wie an einen professionellen Film. Wenn ein Fanfilm aber gut gemacht ist und man den darin agierenden Fans ihre Freude an dem Projekt anmerkt, gerät der ein oder andere Makel ins Hintertreffen.
Das kann man hier jedoch nicht behaupten. Sicher, hier sind keine professionellen Schauspieler am Werk, und trotzdem habe ich schon weit bessere Laiendarsteller gesehen. Vor allem die Sprache:

die Betonung ist derart monoton, als ob Grundschüler ihre ersten Leseversuche an den Mann bringen.

Ausser, dass die Darsteller in den bekannten Kulissen herumturnen, geschieht nichts. Die Kulissen einmal wieder zu sehen, ist denn auch das einzig Positive an dem Film.

Ganz schlimm wird es aber, als der Film durch eine Rückblende in der nochmals die Beziehung zwischen Winnetou und Ribanna erläutert wird, zur Parodie wird.

Ich dachte doch allen Ernstes, dass wenn sogenannte Karl-may-

Fans einen Fanfilm drehen, dieser auch einen ernsten Tenor trägt. Statt dessen werden dann urplötzlich die Filme ins Lächerliche gezogen. Wenn das wenigstens durch gute Einfälle geschehen würde, aber was dem Zuschauer hier serviert wird und witzig sein soll, ist leider überhaupt nicht witzig!

Die meisten Kritiker, die den Film verrissen haben, übersahen die Tatsache, dass alle Beteiligten an diesem Projekt ihren Urlaub dafür geopfert haben.

Das bedeutete, dass der zeitliche Druck für die Dreharbeiten in Kroatien immens war.

Es war aus diesem Grund sicher nicht möglich, so wie bei den „Profis", Szenen immer wieder zu wiederholen, bis das Ergebnis perfekt war.

Trotzdem hat der Film erhebliche Schwächen, die auf das mangelhafte Drehbuch zurückzuführen sind. Wenn man schon das Risiko eingeht, einen Karl May-Fan-Film, der im Wilden Westen spielt ohne Pferde zu drehen, so hätte der Autor die Handlung so aufbauen müssen, dass Reittiere nicht benötigen würden. Dies es hätte mit ein paar Dialogsätzen geschehen können.

Einige „Anleihen" der Handlung aus den Filmen der 60er Jahre kann man verzeihen.

Was allerdings unverzeihlich ist, sind die Auftritte von Stefan Lückert und Meike Anders.

Lückert spielt den „Weisen Albino" mit gebräunten Unterarmen…

Der Auftritt von Meike Anders als „Ribanna" ist an Peinlichkeit nicht zu überbieten. Für die Handlung ist der Auftritt „Ribannas" eigentlich vollkommen unwichtig und absolut nicht lustig - im Gegenteil.

Frank Zimmermann überzeugt durch die Darstellung in einer Doppelrolle als STARKER BÜFFEL und GRINLEY. Als Indianer erinnert er mich etwas an Meinolf Pape.

Die Zeitschrift CINEMA beurteilte den Film mit:

Herrlich unbedarftes Fan-Projekt mit viel Herzblut, skurrilen Einfällen und sympathischen Darstellern.

Schon kurze Zeit nach dem ersten Film folgte der zweite Streich für den die gleiche Bemerkung wie für den ersten Film gilt:
Gedreht wurde in Kroatien: ein Umstand, der den Film durch die wunderbare Landschaft aufwertete. Ein weiterer Pluspunkt war natürlich die hervorragende Musik von Martin Böttcher.

Für die Regie verantwortlich war Mike Dietrich.

Das Drehbuch schrieb ein gewisser Mark D. Witt. Hinter diesem Pseudonym verbirgt sich ein bekannter Autor der Karl May Szene, was das Buch aber auch nicht besser macht.

Winnetou und das Geheimnis der Geisterschlucht

Darsteller:

Horst Janson   **Erzähler**
Sven Duscha   **Old Shatterhand**
Mike Dietrich   **Winnetou**
Franz Hofmann
   Scroggins/Gelber Falke
Fried Wolff   **Saloon-Wirt**

McIntosh

Timo Röske	Barnes
Fritz Heier	Jo
Dietmar Röske	Al
Arne Kahlen	Luke Morris
Britta Piesker	Chatu-Lea
Jutta Köchling	Betsy

Handlung:

In einer geheimen Höhle inmitten einer sagenumwobenen Schlucht liegt - so sagen die Legenden - ein uraltes Relikt: ein Kristallschädel, den die roten Völker als Heiligtum verehren. Weiße Banditen wollen in den Besitz des Schädels gelangen - koste es, was es wolle. Denn mit seiner Hilfe können sie die gläubigen Indianerstämme unterwerfen und deren Bodenschätze ausbeuten. Weder vor Folter noch Mord schrecken die Männer zurück. Doch dann machen sich Winnetou und Old Shatterhand auf ihre Spur. Unterstützt werden sie von den kernigen Westmännern Luke Morris und Steve Benson sowie dem skurrilen Saloon-Wirt McIntosh. Für Winnetou steht auch seine Ehre auf dem Spiel, denn die Gangster haben ihm den Mord am Häuptlingssohn der Kiowas in die Mokassins geschoben. Für die Blutsbrüder beginnt ein dramatischer Wettlauf. Doch noch jemanden haben die Schurken zu fürchten: den legendären Wächter der Geisterschlucht...(Quelle Movie Pilot).

Kritiken:

Wie bei den Kritiken zu dem ersten Film muss man natürlich Abstriche machen. Vielen Kritikern fehlt es an Objektivität und besonders bei den kurzen Bemerkungen kann davon ausgegangen werden, dass es sich um „Sympathisanten" der Beteiligten / Macher des Filmes handelt. Wer die katastrophale Kameraführung übersieht, dem ist wirklich nicht zu helfen.

Ein wirklicher Höhepunkt des Materials auf der DVD ist der Auftritt des Kameramannes Florian Linke bei Stephan Raab. Mit einer unglaublichen Arroganz schwadroniert er ein unsinniges Zeug.

Seine Aussage, dass er sich alles selbst beigebracht hat, ist allerdings sehr glaubwürdig, denn so sieht das Ergebnis auch aus! Unverständlich, wieso dem Regisseur bei der Sichtung des gedrehten Materials dieses Manko nicht aufgefallen ist oder nicht auffallen durfte, denn die Kameraführung ist so unruhig, dass man aufpassen muss, keinen „Anfall" zu bekommen.

Kritiken bei AMAZON:
(Rechtschreibfehler wurden nicht verbessert)

Im Vergleich zu dem ersten Film dieser Serie (Winnetou und der Schatz der Marikopas) wurde der gegenständliche Film um einiges professioneller aufgebaut, was Handlung (die Filmlänge wurde beachtlich gesteigert, es gibt weniger Kopien aus Originalfilmen, die Handlung ist vielsagender als im 1. Film, Pferde wurden zum Einsatz gebracht), Darstellung (die Darsteller wirken zum Großteil wesentlich professioneller als im vorherigen Film) und Besetzung (Stars wie Horst Janson) betrifft. Wie gerne hätte ich diesem Firm 5 Sterne verliehen, doch er hat leider ein ziemliches Manko aufzuweisen. Die Kamera wurde (zumindest zum Großteil) offensichtlich einer Person übergeben, die aufgrund mangelnder Erfahrung noch nicht gelernt hat, dass die Kunst der Kameraführung nicht darin besteht, möglichst viele und heftige Schwenks zu vollziehen, sondern die Kamera möglichst wackelfrei auf das Wesentliche zu richten. Da ich selbst hobbymäßiger Filmer bin und sehr viel Wert auf eine ruhige Kameraführung lege, ist mir dieser Umstand natürlich extrem aufgefallen. Teilweise musste ich wegsehen, damit mir nicht schlecht geworden ist! Da das in meinen Augen doch ein sehr wesentlicher Faktor für die Qualität eines Filmes ist, musste ich dafür 2 Sterne abziehen.

Schade um den ansonsten doch sehr gelungenen Film! Ich hoffe, dass bei einer eventuell geplanten Fortsetzung dieser Serie mehr Wert auf die Kameraführung gelegt wird.

Auweiohwei, wie sich dieser MACHER des Films auch noch "REGISSEUR" nennt ist der Gipfel der Unverschämtheit.

Dieser "WINNIONE"-Darsteller kann nicht mal reiten und hat obendrein auch noch Angst vor Pferden und lässt

sich in der Westernstadt auch noch von einer Frau doublen. Man

denkt wohl der Zuseher ist doof...!
Nee, dümmer
  gehts nimmer!!! Ich rate ab! Der
eine Stern ist für den männlichen
(das muß man ja dazusagen)
Darsteller des Häuptlings!!!

  Der zweite Film dieser Darsteller
wirkt, verglichen mit dem ersten
Teil, doch professioneller und
größer. Schön, dass ein paar
Liebhaber dieser Western-Thematik
einen weiteren Fan-Film
veröffentlichen. Die Schauplätze
sind beeindruckend. Besonders
Darsteller Hofmann, welcher im
ersten Teil nicht vor der Kamera
stand, wirkt auf mich

leidenschaftlich und absolut cool.
Ein toller Film zum günstigen Preis.
Weiter so!

Ein wirklich gut gelungener
Fanfilm. Sehr authentische
Kostüme, eine gute Story und
leidenschaftliche Darsteller.
Manko: Die teilweise heftige
Kameraführung. Ein Projekt, was
sich sehen lassen kann! Ein Film,
der auf jeden Fall für Filmliebhaber
der Winnetoufilme i.d. 60ern
interessant sein dürfte: Er wurde
an original Drehorten gedreht.
Winnetou und Old Shatterhand
sind endlich wieder da. Zum
verwechseln ähnlich: der

Winnetoudarsteller mit Pierre Brice - genial!

Wie unterschiedlich die Kritiken ausgefallen sind, habe ich ja schon erwähnt. Aber ich denke, dass dieser zweite Film eine deutliche Verbesserung gegenüber dem ersten Streifen war.

Viele Fans freuten sich schon auf einen weiteren Film, der aber leider nicht mehr realisiert wurde.

Die Gründe dafür sind verschieden, aber Hauptsächlich lag es daran, dass sich Mike Dietrich anderen Aufgaben widmete und zur Bühne nach Dasing ging.

Aber als dieser Umstand noch nicht spruchreif war, wurde ein neues

Drehbuch verfasst und dieses liegt dem Leser hier vor.

Es handelt sich dabei natürlich nur um einen Entwurf und natürlich würde vieles noch geändert werden müssen.

Trotzdem möchte ich nicht unerwähnt lassen, dass dieser Entwurf von einem sehr bekannten Schauspieler, der auch bei den KARL MAY-SPIELEN in Bad Segeberg mitgewirkt hat, gelobt wurde.

Drehbuch
Vorläufiger Entwurf

von

Joachim Wöbking
Mike Dietrich

Zu drehen in schwarz/weis

Wir sehen einen alten Karl May an seinem Schreibtisch (frontal).
Er schreibt...
Die Kamera zoomt langsam auf May, der den Füllfederhalter aus der Hand legt und gedankenverloren an der Kamera vorbei blickt.
Nach einigen Sekunden greift er wieder zum Füller.
Die Kamera schwenkt um May herum und „blickt" ihm über die Schulter.
Die Kamera zeigt Mays Hand, die in **altdeutscher** *Schrift folgenden Text schreibt, während die Stimme den Text spricht:*

Stimme
  (die Stimme sollte schwerfällig klingen und mit kurzen Unterbrechungen gesprochen werden)
Nun, ... da sich mein ereignisreiches Leben langsam dem Ende zuneigt, ... möchte ich noch einmal zur Feder greifen ... und von einem Abenteuer berichten, das ich mit meinem Freund ... und Blutsbruder ...
Winnetou *erlebt habe.*
Auf meinen vielen Reisen war es mir vergönnt, ... gute und aufrechte Menschen kennen zu lernen, ... aber niemand war mir so ans Herz gewachsen, wie
Winnetou,
der wohl edelste Indianer und Häuptling aller Apatschen.

...

Alles begann an einem friedlichen Abend **bei den** **Proben** **meines** **Gesangsvereines...**

(Stimme wird immer leiser)

Szenenüberblendung

*Die Kamera zeigt einen leicht verräucherten Saal, in dem ein Männerchor die **letzte** Strophe von Karl Mays Werk **Ave Maria** singt.*

*Dass es sich um die **letzte** Strophe handelt, ist **sehr wichtig**, da Winnetou erst erscheint, wenn die Probe beendet ist und das wäre sie nicht, würde man mit der ersten Strophe beginnen, dann wäre die Szene erheblich zu lang.*

*Da sich der folgende Ablauf **„zeitgleich"** abspielt, ist es möglich die Schnitte so auszuführen, dass eine gewisse Spannung entsteht.*

Bild schwarz, in weißer (altdeutscher) Schrift einblenden:

Dresden

Schrift ausblenden

Aufblenden:

Die Kamera zeigt einen Männerchor. Er wird von einem übertrieben agierenden Dirigenten (Kantor) angeleitet und singt folgenden Text:

Es will das Licht des Lebens scheiden,
es tritt des Todes Macht herein.
Die Seele will die Schwingen breiten,
es muss, es muss gestorben sein.

Schnitt:
Der Ton bricht ab!
Nacht! *Die Kamera zeigt eine verregnete, enge Gasse auf der eine Kutsche langsam auf die Kamera zufährt. (Die Geräusche der fahrenden Kutsche sollten in den wechselnden Szenen immer erheblich lauter sein, als der Gesang.)*

Schnitt:
Der Männerchor singt folgenden Text:

Madonna, ach, in deine Hände,
leg ich mein letztes, heißes Flehn.
Erbitte mir ein gläubig Ende,
und dann ein selig Auferstehn.

Schnitt:
Die Kamera zeigt in Großaufnahme das sich drehende Rad der Kutsche.

Schnitt:
Der Männerchor singt folgenden Text:

Ave Maria, Ave Maria......
Bis zum Ende des Liedes.

Schnitt:
Die Kutsche hat mittlerweile angehalten, ein junger Mann springt heraus und hält dem zweiten Fahrgast die Türe der Kutsche auf.

Schnitt:
Man sieht wie ein Fuß die Vorrichtung zum Aussteigen betritt. Gamaschen wären vorteilhaft.

Schnitt:
Die Kamera zeigt das Gesicht des ehrfürchtig schauenden jungen Mannes.

Es wird dann kurz von dem aussteigenden Mann verdeckt, dann wieder sichtbar.
Der junge Mann schließt die Kutschentür.

Schnitt:
Man sieht nun die Schuhe des Mannes bzw. seine Schritte.

Schnitt:
Der Fremde ist vor der Tür des Wirtshauses stehen geblieben, die Kamera zeigt nur den Rücken des Fremden. Der junge Mann geht an ihm vorbei und öffnet ihm die Wirtshaustüre.

Schnitt:
Der Männerchor hat seine Formation aufgelöst. Einige stehen locker im Saal, andere, darunter auch May, sitzen an Tischen.

Schnitt:
Der junge Mann hat mit seinem Begleiter die Schankstube erreicht.

Der Wirt schaut sehr erstaunt auf den jungen Mann und betrachtet dessen Begleiter sehr skeptisch.

<u>Wirt</u>
Guten Abend.
Was kann ich für die Herren tun?

Der junge Mann
Wir möchten zu Herrn Dr. Karl May.

Wirt
*Schaut abwechselnd etwas verwirrt den jungen Mann und
dessen Begleiter an.*
Er hat heute mit seinem Chor die
wöchentliche Probe und darf nicht gestört werden.

Der junge Mann
Ich verstehe. Aber es ist sehr wichtig, dass wir
Herrn Dr. May unverzüglich sprechen.

Wirt
Hat das nicht etwas Zeit?
Ich höre zwar, dass die Probe beendet zu sein scheint,
aber die Herren werden nur sehr ungern gestört.
*Die letzten Worte bringt der Wirt etwas stotternd hervor,
während er Blickkontakt mit dem Fremden hat.*

Großaufnahme:
Die stechenden Augen des Fremden.

Schnitt auf den Wirt:

Wirt
Noch mehr verunsichert und stotternd.
Ich werde sehen, was sich machen lässt.
Der Wirt verschwindet sehr schnell in Richtung des Saals.

Schnitt:
Der Wirt betritt den Saal und bahnt sich bestimmend und forsch den Weg zu dem Tisch, an dem Karl May sitzt. Dieser ist in ein Gespräch mit seinen Tischnachbarn vertieft.

Wirt
Er räuspert sich.
Herr Doktor May...
Keine Reaktion.

Wirt
Er räuspert sich lautstark.
Herr May!!
Keine Reaktion.

Wirt
Beugt sich zu May herunter und zupft May am Ärmel.
So hören Sie doch, Herr May!!!!

May
Ihr stört, Herr Wirt.

Tischnachbar
Ein schöner Reim.
Ihr stört, Herr Wirt.
Mays Tischnachbarn lachen laut!

Wirt
Ich störe? Mich stört etwas ganz Anderes!

May
Was denn?
May blickt seine Tischnachbarn an.
Haben wir falsch gesungen?
Mays Tischnachbarn lachen laut!

Wirt
Mir ist nicht nach Späßen zumute.
Er zieht ein Taschentuch hervor und wischt sich über die schweißnasse Stirn.
Es sind zwei Herren eingetroffen, die Sie zu sprechen
wünschen, Herr May.

May
Und wer sind die Herren?

Wirt
Ein höflicher junger Mann und ein....

May

Warum sprecht Ihr nicht weiter? Ihr sagtet, es handelt sich um zwei Herren.

Wirt
Er trocknet sich wieder die Stirn.
Ja! Es sind zwei Herren.

May

Ja, und?

Wirt

Der zweite Herr spricht kein Wort und scheint mir etwas dunkelhäutig zu sein.
Aber seine Augen müsstet Ihr sehen.

May

Was ist mit seinen Augen?

Wirt

Es sind stechende, durchdringende Augen.
Ich glaube, es sind Augen eines...

In diesem Augenblick wird der Wirt unterbrochen...

Winnetou
Ruft laut in den Saal
CHARLIE, CHARLIE...!!!

Wirt
Hört Ihr diese Stimme?
Das ist sicher der Fremde, ein dunkelhäutiger Mensch mit
den Augen eines...

May
(sehr LAUT)
DAS IST WINNETOU!
DAS IST DIE STIMME WINNETOUS!!

*May erhebt sich ruckartig und stürmt auf den Eingang des
Saales zu, in dem Winnetou steht und schiebt dabei die dort
herumstehenden Sänger des Chores barsch zur Seite.
Winnetou trägt eine dunkle Hose, eine gleichfarbige Weste,
um die ein Gürtel geschnallt ist, und ein kurzes Sakko. In
der Hand einen stabilen Spazierstock und auf dem Kopf
einen Zylinderhut.*

Vorsicht!!!

Die oben gemachte Beschreibung, Winnetous Kleidung
betreffend, habe ich aus dem entsprechenden Karl May-
Buch entnommen!
Man sollte Winnetous Kleidung etwas ändern, denn mit
einem Zylinderhut würde er lächerlich aussehen!

May stürmt auf Winnetou zu und sie umarmen sich.
Beide treten, nach der herzlichen Umarmung, einen Schritt
zurück und betrachten sich.
Beide brechen in ein herzliches Gelächter aus.
Winnetou etwas zurückhaltender als May.

Die Chormitglieder stecken die Köpfe zusammen und man
hört
leises Murmeln:
Das ist Winnetou?
Winnetou hier in Dresden?
Der berühmte Häuptling der Apatschen in Dresden?

Ein relativ kleiner Mann (Tante Droll) drängt sich
energisch *aus dem Hintergrund*
zwischen den anderen Männern in den Vordergrund und
geht auf Winnetou zu.
Er blickt stolz über seine Schulter und ruft den anderen zu.

<u>Droll</u>
Natürlich ist das Winnetou, der oberste Häuptling aller
Apatschen!

Er wendet sich Winnetou zu und ergreift dessen Hand und
schüttelt sie kräftig.

Droll
Erinnert sich der große Häuptling noch an mich?

Winnetou
Wie könnte Winnetou seinen Bruder Droll vergessen, haben
wir doch am Silbersee gemeinsam gegen das Böse
gekämpft? Droll hat, ebenso wie Hobble Frank, stets einen
Platz in Winnetous Herz.

Droll
Schlägt sich mit der flachen Hand an die Stirn.
Oh, mein Gott, Frank!
Laut:
Wo ist mein Vetterherz?

*Droll wendet sich von Winnetou ab und bahnt sich wieder
den Weg durch die noch immer vorhandene
Menschenmenge, immer noch* **(laut)** *rufend:*
Vetter Frank, Vetter Frank, wo steckst du?

Winnetou
Wendet sich Old Shatterhand zu:
Hier also verbringt mein Bruder seine Abende.

May
(ab hier Old Shatterhand)
Die meisten, mein Bruder, die meisten Abende.

Tagsüber bringe ich unsere Abenteuer zu Papier und wenn Hand und Geist müde werden, entspanne ich mich hier. Aber warum ist Winnetou zu seinem Bruder geeilt? Sicher gibt es einen wichtigen Grund dafür.

Winnetou
Mein Bruder mag sich nicht stören lassen. Die Botschaft duldet noch etwas Aufschub. Lass uns noch einige Zeit hier verweilen.

Old Shatterhand
Sehr gerne. Dann soll Winnetou auch in den Genuss eines deutschen Bieres kommen.
Ruft:
Herr Wirt, zwei Bier bitte.

Droll
Er bahnt sich abermals einen Weg durch die Menge, seinen Vetter Hobble Frank am Ärmel fassend hinter sich herziehend und ruft:
Vier Bier, Herr Wirt, wenn's nötig ist.
Wendet sich an Winnetou und Old Shatterhand:
Oder haben die Herren etwas dagegen, wenn wir Euch ein wenig Gesellschaft leisten?

Old Shatterhand
Nein, ich habe nichts dagegen und was sagt mein Bruder?

Winnetou

Die Gentlemen sind Winnetou willkommen, aber Ihr müsst mir erlauben, heute Abend meine Gäste zu sein.

Droll

Dann hoffe ich, der Häuptling der Apatschen hat genügend Nuggets dabei, denn ich würde sagen, heute gibt es etwas zu feiern, wenn's nötig ist oder was meinst du, Vetterherz?

Frank

Er schaut erstaunt auf Winnetou.
Er schüttelt einmal heftig seinen Kopf, um sicher zu gehen, dass Winnetou kein Trugbild ist und antwortet dann mit fester Stimme, während er Winnetous Hand schüttelt:
Aber natürlich!
Winnetou in Dresden!
Wenn das kein Grund zum Feiern ist!
Herr Kantor und Ihr, meine Herren,
Er dreht sich zu den Chormitgliedern um.
Schmettert uns noch ein paar schöne Weisen, wenn ich bitten dürfte, damit Winnetou in seiner Heimat nur gutes vom deutschen Liedgut zu berichten weiß.

Kantor

Er "näselt" ein wenig in der Art eines Theo Lingen.

Ich muss sie wiederholt darauf hinweisen, dass sie mich mit Kantor Emeritus ansprechen müssen. Es wird sonst nicht deutlich, dass ich nicht mehr als Kantor tätig bin. Mir ist unbegreiflich, dass ich immer wieder darauf hinweisen muss. Also merkt Euch: Kantor Emeritus!

<u>Frank</u>
Gut, dann eben Kantor Emeritus. Seid Ihr nun so freundlich, uns einige Weisen zu Gehör zu bringen?

Der Chor stellt sich auf und von nun an, klingen versch. Lieder während der ganzen folgenden Unterhaltung dezent im Hintergrund.
Old Shatterhand, Winnetou, Droll und Frank steuern auf einen freien Tisch zu und nehmen Platz.

<u>Old Shatterhand</u>
Möchte mein Bruder etwas zu sich nehmen?

<u>Winnetou</u>
Nein, danke.

<u>Droll</u>
Muss auch nicht sein, denn wie ich sehe, bringt der Wirt flüssiges Brot.

*Sehr zurückhaltend, ja fast ängstlich, nähert sich der Wirt,
der ein Tablett mit vier gut gefüllten Bierkrügen trägt, dem
Tisch.
In übertriebener Eile stellt er die Krüge ab und
verschwindet sehr schnell.
Droll verteilt die Krüge.*

<u>Droll</u>
Der erste Krug für unseren Ehrengast, dann Mr.
Shatterhand, einen Krug für Vetter Frank und einen für die
gute, alte Tante Droll.
Na, dann zum Wohlsein, wenn's nötig ist.

*Frank, Droll und Shatterhand stoßen miteinander an.
Winnetou schaut seinen Bruder fragend an.
Dann scheint er zu verstehen und stößt mit den anderen an.
Droll, Old Shatterhand und auch Frank nehmen einen
großen Schluck und wischen sich dann den Schaum von den
Lippen, während Winnetou nur nippt.*

<u>Frank</u>
Ich kann es kaum fassen, Winnetou in Dresden!
Was verschafft uns denn die Ehre eines solch hohen
Besuches?

<u>Old Shatterhand</u>
Ich glaube darüber sollte später gesprochen werden … in einer ruhigeren Umgebung.

<u>Winnetou</u>
Mein Bruder sei ohne Sorge. Winnetou vertraut den beiden Westmännern.

<u>Droll</u>
Danke. Also werden wir erfahren, was den Häuptling dazu bewogen hat, über das große Wasser zu kommen?

<u>Winnetou</u>
Der Häuptling der Apatschen befriedigt gern die Neugier Drolls. Winnetou kam, um Old Shatterhand zu bitten, seinen Blutsbruder in das Land der Apatschen zu begleiten.

<u>Droll</u>
Ist das alles?

<u>Winnetou</u>
Ja.

<u>Frank</u>
Aber dazu hätte es doch auch gereicht, wenn Winnetou einen Brief geschrieben hätte.

Winnetou

Winnetou beherrscht die Schriftzeichen des weißen Mannes, aber mag mir Hobble Frank eine Frage beantworten?

Frank

Selbstredend. Sicher ist Winnetou bekannt, dass ich über eine ausgezeichnete Bildung verfüge.

Winnetou

Seit unseren Erlebnissen am Silbersee, ist Winnetou von den Fähigkeiten seines Bruders Frank überzeugt, aber nun möchte Winnetou seinen Bruder fragen, welchen Weg hätte ein sprechendes Papier, das die weißen Männer Brief nennen, eingeschlagen, wenn Winnetou ein solches geschickt hätte?

Frank

Nun, da Briefe nicht fliegen können, sonst würde es sich ja um Luftpost handeln, *(lacht)* nehme ich an, dass ein Schreiben über den Seeweg nach Old Germany befördert worden wäre.

Winnetou

Auch Winnetou nahm den Seeweg. Zwar war dem Häuptling der Apatschen nicht bekannt, ob mein Bruder in seiner Heimat anzutreffen ist, aber er vertraute auf Manitu.

Droll
Und wie wir sehen, wurde das Vertrauen belohnt.
Er prostet noch mal allen zu.

Winnetou
Winnetou begab sich natürlich zuerst zu dem Haus meines Bruders, wo er nicht anzutreffen war, aber ein freundlicher, junger Nachbar begleitete Winnetou hierher.

Frank
Wenn Winnetou Old Shatterhand bittet, ihn in das Land der Apatschen zu begleiten, riecht das doch nach einem neuen Abenteuer.

Droll
Sicher tut es das. Und wenn wir da nicht wieder dabei wären,
würden wir uns das nie verzeihen, Vetterherz.

Frank
So ist es. Vorausgesetzt die Gentlemen wünschen unsere Begleitung.

Old Shatterhand
Ich glaube, ich spreche auch im Namen meines Bruders, wenn ich den beiden Westmännern Droll und Frank verspreche, dass es uns ein Vergnügen sein wird, sie an unserer Seite zu wissen.

Winnetou nickt zustimmend.

<u>Droll</u>
Und um welche Unternehmung handelt es sich?

<u>Old Shatterhand</u>
Winnetou hatte die Absicht, mir genauere Angaben später
zu machen.

<u>Winnetou</u>
Er sagt nachdenklich:
Viele Monde sind vergangen, seit Old Shatterhand den
Stamm der Apatschen verlassen hat, um wieder in seine
Heimat zurückzukehren. Aber nun braucht Winnetou die
Hilfe seines Blutsbruders. Winnetou war gezwungen, einen
Häuptling der Sioux zu töten. Er beleidigte meine Ehre und
nannte Winnetou einen feigen Kojoten. Es fand ein
ehrenhafter Zweikampf statt, den Winnetou gewann. Es war
dem Häuptling der Apatschen nicht möglich, das Leben
seines Gegners zu schonen, so wie es Old Shatterhand
sicher gerne gesehen hätte.

<u>Old Shatterhand</u>
Es ist nicht immer möglich das Leben eines Feindes zu
schonen.

Aber nun sinnen die Sioux auf Rache!?

Winnetou

Glaubt mein Bruder, dass Winnetou über das große Wasser gekommen ist, weil er die Hilfe Old Shatterhands benötigt, um einige Kröten zu vertilgen?

Old Shatterhand
Natürlich nicht.

Winnetou
Aber Old Shatterhand spricht die Wahrheit. Die Sioux sinnen auf Rache. Aber die feigen Kojoten scheuen einen offenen und ehrenhaften Kampf seit sie Mankato zu ihrem Häuptling erwählt haben.
Der ganze Stamm hat sich mit einer Bande weißer Desperados verbündet, die im Westen unter dem Namen Shylock-Bande bekannt geworden sind. Ihr Anführer, Sirius Shylock, ist ebenso skrupellos wie einst der rote Cornell. Der Siedlerstrom nimmt kein Ende und Shylock mit seiner Bande ebnet ihnen den Weg und die Sioux unterstützen ihn. Nun wird es nur noch wenige Monde dauern, dann erreichen diese Verbrecher und die räudigen Hunde der Sioux die Gebiete der Apatschen. Wir können uns nicht zurückziehen, denn wenn die Banditen den Nugget-tsil erreichen und auf das Gold der Apatschen stoßen, wird es einen Goldrausch

geben und das rote Volk wird entweder blutig niedergeschlagen oder muss seine Heimat verlassen. Zwar ist es noch keinem Weißen gelungen, Gold am Nugget-tsil zu entdecken, aber alleine das Gerücht, dass dort welches zu finden sei, treibt immer wieder Gesindel auf den Berg.

<u>Droll</u>
Aber es gibt doch Gold am Nugget-tsil, oder?

<u>Winnetou</u>
Ja, aber nicht in solchen Mengen, wie sich Desperados und Glückritter das vorstellen. Das Gold der Apatschen findet man auch an anderen Bergen.
Mein Volk benötigt kein Gold. Gold macht die Menschen böse. Habgier verwandelt gute Menschen in schlechte Menschen.

<u>Frank</u>
Wenn die Apatschen kein Gold für sich beanspruchen, warum überlässt Winnetou es dann nicht den Weißen?

<u>Winnetou</u>
Ist meinem Bruder Frank nicht bekannt, was ein Goldrausch im Gebiet der Apatschen bedeuten würde? Wir würden verjagt und unser Land überschwemmt von Menschen werden. Sie würden Städte bauen, die sie nach dem Goldrausch wieder verlassen. Das ganze Land wäre dem

Untergang geweiht. Die Büffel würden verschwinden und
auch die Mustangs.
Das wäre das Ende des gesamten Stammes der Apatschen.

Old Shatterhand
Hat Winnetou sich schon an die Regierung gewendet?

Winnetou
Winnetou traut auch dem weißen Vater nicht mehr. Zu viele
Verträge wurden gebrochen. Deshalb habe ich einen Boten
zu Old Firehand gesendet und um seine Unterstützung
gebeten und möchte ich dich um die deinige bitten.

Old Shatterhand
Winnetou braucht mich nicht zu bitten. Es ist doch
selbstverständlich, dass mein Platz an der Seite meines
Bruders ist.

Winnetou
Ich danke dir Charlie.
Wie lange braucht Old Shatterhand, um seine Geschäfte hier
zu beenden?

Old Shatterhand
Nun, ich denke wir können mit dem nächsten Schiff in See
stechen.

<u>Winnetou</u>
Das erfreut den Häuptling der Apatschen. Werden die beiden Westmänner Droll und Frank auch sofort mit uns reisen oder uns später folgen?

<u>Frank</u>
Nun, an mir soll es nicht liegen. Ich habe mein Ränzelein schnell gepackt. Es kann also sofort losgehen. Und wie sieht es bei dir aus, Vetter?

<u>Droll</u>
Natürlich, beginnen wir sofort ein neues Abenteuer, wenn's nötig ist.
Zum Wohl!

Die Kamera zeigt vier Bierkrüge, die aneinanderstoßen.

Die Kamera streift über die ganze Szenerie, wie z. B über den Chor, der noch immer Weisen von Karl May singt. Dann sieht man, wie sich Droll / Frank / Shatterhand und Winnetou von ihrem Tisch erheben und den Saal verlassen. In der nächsten Einstellung sieht man Droll / Frank / Shatterhand und Winnetou vor dem Wirtshaus auf eine Kutsche warten.

Von der Kameraperspektive aus gesehen:
v.l.n.r.
Droll, Shatterhand, Hobble Frank und Winnetou,

Nun sollte ein tech. Trick eingesetzt und dieses Bild „eingefroren" werden!
Durch eine geschickte Szenenüberblendung sollte man die gleichen Personen (außer WINNETOU) in der gleichen Reihenfolge sehen und natürlich alle in dem passenden „Westernoutfit" sein. (In Kroatien)

Ab dieser Einstellung wird in **FARBE** *gedreht.*

Nach der Überblendung befindet man sich im Pueblo oder Zeltdorf der Apatschen. Dort ergreift Droll das Wort.

<u>Droll</u>
Schaut hinunter zum Rio Pecos.
Ist es nicht herrlich, Vetterherz?
Gibt es eine schönere Landschaft, als die Jagdgründe der Apatschen?

<u>Frank</u>
Ich wüsste nicht, wo die zu finden wäre.
Aber wo ist Winnetou?

<u>Droll</u>
Schau, dort!
(Man sieht Droll, der mit seinem Arm nach oben zeigt.)

Die Kamera zeigt einen Felsen und den blauen Himmel.
Ein Wolf erscheint und setzt sich auf den Felsen und jault.
Kurz darauf erscheint Winnetou mit Silberbüchse neben
dem Wolf.

Frank
Ja, da ist er, Winnetou, der oberste Häuptling aller
Apatschen.

Szenenüberblendung:

Vorspann

Die Kamera zeigt nun versch. Landschaften (der Wechsel

sollte immer per Überblendung erfolgen).

Über die Aufnahmen wird der Vorspann „gelegt". Es sollte

u n b e d i n g t *Musik von Böttcher gespielt werden!!!*

--------------------*Vorspann - Ende* --------------------------
------

Abenddämmerung im Lager der Apatschen. Einige Feuer werfen ihr Licht auf die Zelte. Die Kamera zoomt auf ein Zelt bzw. auf dessen Eingang, der durch Decken verhüllt ist. Währens des Zoomens, sieht man nach einer Überblendung Old Shatterhand und Winnetou an einem Feuer innerhalb des Zeltes sitzen. In Gedanken verloren, stochert Winnetou mit einem Stück Holz im Feuer herum. Den Blick hat er ins Feuer gerichtet, ohne aufzublicken:

Winnetou

Erinnert sich mein Bruder an die vielen Gespräche, die wir über seinen Glauben und den Glauben des roten Volkes geführt haben?

Old Shatterhand

Die Kamera bleibt auf Winnetou, man hört also nur die Antwort Old Shatterhands:
Selbstverständlich tue ich das. Ich hoffe, dass mein Bruder mich nie falsch verstanden hat. Es war nie meine Absicht ihn bekehren zu wollen.

Winnetou

Winnetou erhebt den Blick (ab nun Gegenschnitte):
Nein, ich habe meinen Bruder nie falsch verstanden. Old Shatterhand ist wie einst Klekih-Petra, der die Apatschen viel gelehrt hat.

Mein Bruder ist also auch, wie er, der Meinung, dass alle Menschen vor dem großen Geist gleich sind?

Old Shatterhand
Ja, das glaube ich.

Winnetou
Gleichgültig ob weiß, schwarz oder rot?

Old Shatterhand
Der große Geist schaut in das Herz eines jeden Menschen und nicht auf seine Hautfarbe.

Winnetou
Mein Bruder erinnert sich an Nscho-tschi.

Old Shatterhand
Sie hat in meinem Herzen einen besonderen Platz.

Winnetou
Old Shatterhand sprach damals mit meinem Vater und sagte, dass er eine Indianerin nur zur Frau nehmen würde, wenn sie Christin geworden ist.

Old Shatterhand
So denke ich auch noch heute.

Winnetou

Was würde mein Bruder sagen, wenn eine Christin einen
Indianer lieben würde?

Old Shatterhand
Ich kann nicht über andere Menschen urteilen.
Wenn sich zwei Menschen lieben, so müssen sie selbst
entscheiden, wie sie ihr Leben führen möchten.
Aber wie kommt mein Bruder auf solche Gedanken?

Winnetou
Wie ich meinem Bruder erzählte, musste Winnetou einen
Häuptling der Sioux töten.

Old Shatterhand
Mein Bruder berichtete darüber.

Winnetou
Winnetou nahm die Zeichen seines Sieges mit,
aber...

Plötzlich bricht im Lager Unruhe aus.
Winnetou und Shatterhand erheben sich und verlassen das
Zelt.
Zwei Reiter kommen in das Lager.

Old Firehand und sein Sohn Harry.
Sie reiten auf Winnetou und Old Shatterhand zu, steigen bei
ihnen ab und begrüßen beide herzlich in dem sie ihnen die
Hände schütteln.

<u>Winnetou</u>
Es freut den Häuptling der Apatschen, dass Old Firehand
seinem Ruf gefolgt ist.

<u>Old Firehand</u>
Deine Nachricht erreichten mich und meinen Sohn Harry
erst vor einigen Tagen.

<u>Winnetou</u>
Old Firehand und sein Sohn kommen zur rechten Zeit.

<u>Old Firehand</u>
Wenn Winnetou es gestattet, möchten wir uns gleich
zurückziehen. Der Ritt war lang und beschwerlich.

<u>Winnetou</u>
Ein Zelt (Raum) steht für Euch bereit. Es soll Euch an nichts
fehlen.

<u>Old Firehand</u>
Ich danke Winnetou, auf morgen dann!

Winnetou und Old Shatterhand stehen alleine vor dem Zelt.
Man sieht Winnetou an, dass ihn etwas bedrückt.

<u>Winnetou</u>
(Sehr langsam gesprochen:)
Glaubt Old Shatterhand, dass Winnetou ein guter Mensch
ist?

<u>Old Shatterhand</u>
Winnetou stellt mir seltsame Fragen.

<u>Winnetou</u>
(Mit Nachdruck:)
Glaubt Old Shatterhand, dass Winnetou ein guter Mensch
ist?

<u>Old Shatterhand</u>
Würde ich das nicht glauben, wäre ich nicht an seiner Seite,
gleichgültig was immer auch geschehen mag.

<u>Winnetou</u>
Mein Bruder möge mir folgen.
Winnetou und Old Shatterhand gehen auf ein besonders
großes Zelt zu. Kurz bevor sie den Eingang erreichen, dreht
sich Winnetou zu seinem Blutsbruder um.

Winnetou
Der von mir getötete Häuptling der Sioux war ein räudiger
Kojote. Nicht nur die Zeichen seines Sieges nahm Winnetou
an sich, sondern er befreite auch eine weiße Frau, die der
Sioux in seine Gewalt gebracht hatte. Der Häuptling der
Apatschen brachte sie hier in sein Lager. Winnetou war
breit, sie in Begleitung einiger Krieger zum nächsten Fort zu
bringen zu lassen.

Old Shatterhand
Und das ist noch nicht geschehen?

Winnetou
Nein.

Old Shatterhand
Mag mein Bruder mir den Grund mitteilen?

Winnetou
Sie hat Winnetous Herz berührt und Winnetous das ihre.

*Ohne auf die Reaktion Old Shatterhands zu warten, schlägt
Winnetou die Decke des Zeltes zurück. Beide betreten das
Zelt.*
*Im Inneren sehen wir eine (relativ) junge Frau am Feuer
sitzen. Sie trägt indianische Kleidung und ist damit
beschäftigt, Perlen auf ein indianisches Gewand zu sticken.*

Als die Männer eintreten (Großaufnahme), blickt sie von ihrer Arbeit auf und erhebt sich.

Winnetou
Zu Old Shatterhand:
Das ist Kachina, die in Winnetous Herz bis zu seinem Lebensende den einzigen Platz der Liebe einnimmt.

Old Shatterhand
Er stellt sich so vor, wie es sich gehört:
Hier im Westen werde ich Old Shatterhand genannt, in der Heimat allerdings...

Kachina
Unterbricht Shatterhand
Mr. Shatterhand, wir sollten die alte Welt vergessen. Hier gelten andere Regeln, finden Sie nicht auch?

Old Shatterhand
Ich habe die Verbindung zu meiner alten Heimat, Deutschland, nie abgebrochen und denke deshalb...

Kachina
Unterbricht Old Shatterhand abermals:
Ich bin ebenfalls Deutsche, habe aber kein Verlangen mehr nach der alten Heimat.

Natürlich hätte ich mir einen besseren Start ins neue Leben gewünscht. Ich war zwar nur sehr kurz in der Gefangenschaft der Sioux, bevor mich Winnetou befreite, aber es war keine gute Erfahrung.
Nun habe ich, und davon bin ich überzeugt, den Sinn meines Lebens gefunden. Mein Platz ist an der Seite Winnetous. In guten wie in schlechten Tagen, auch ohne dass uns ein Priester traut.

Old Shatterhand
Wenn Ihr keinen christlichen Segen benötigt, stimme ich Euch zu.

Kachina
Einen christlichen Segen benötigen wir nicht. Ich glaube fest daran, dass Gott uns nach unseren Taten beurteilt und nicht nach der Konfession.

Old Shatterhand
Das wird Gott alleine zu entscheiden haben.

Kachina
Das denke ich auch.
Seid Ihr hungrig, Mister Shatterhand?

Old Shatterhand
Ein wenig. Aber lasst den Mister weg, und nennt mich wie mein Bruder, Charlie!

Kachina
Das werde ich gerne tun.
Sie macht eine einladende Handbewegung.
Und nun langt kräftig zu!

Old Shatterhand
Ihr seid sehr gastfreundlich, Kachina.

Kachina
So wie es bei den Apatschen üblich ist, Charlie.

Old Shatterhand
Wie kamt Ihr zu Eurem indianischen Namen?

Kachina
Sie schaut zu Winnetou:
Winnetou gab ihn mir.

Während des kurzen Gespräches hielt sich Winnetou im Hintergrund. Nun nehmen Winnetou, Kachina und Old Shatterhand am Feuer Platz und beginnen zu essen.

Szenenüberblendung

Überblendung 1:
Man sieht das ganze Lager der Apatschen abends im Feuerschein.

Überblendung2:
Man sieht das ganze Lager der Apatschen am frühen
Morgen, wenn möglich im Frühnebel.
(Hier könnte man versuchen, den Standort der Kamera am
Abend unverändert zu lassen. So würde man bei der
Szenenüberblendung erreichen, dass man zu 100% aus der
gleichen Perspektive filmt.)

Langsam „erwacht" das Lager. Feuer werden entzündet,
Pferde zur Tränke (bzw. zum Fluss) geführt.
Old Shatterhand, Old Firehand und Winnetou stehen in der
Lagermitte.

Winnetou

Der junge Adler hat Winnetou berichtet, dass es vor einigen
Tagen wieder einen Überfall der Shylock-Bande auf ein
friedliches Lager der Apatschen gegeben hatte. Meine
Brüder mögen mir folgen.

Winnetou, Old Shatterhand und Old Firehand besteigen
Ihre Pferde und verlassen das Lager.

Szenenüberblendung:

Die Kamera schwenkt über ein zerstörtes Indianerlager.
Man sieht verbrannte Zelte. **Vorsicht! Keine rauchenden**

Trümmer (Zelte) zeigen, da der Überfall schon einige Tage vorbei ist.

Winnetou und sein Begleiter reiten in die Mitte des Lagers und steigen ab.

<u>Winnetou</u>
Hier mögen meine Brüder erkennen, wie die Shylock-Bande wütet.
An diesem Ort starben Apatschen, darunter Frauen und Kinder. Hingeschlachtet von weißen und roten Banditen.

Plötzlich ertönt das Trompetensignal der Kavallerie.
Fünf Soldaten reiten auf das Lager zu. Winnetou nimmt die Silberbüchse zur Hand,
Der Anführer der Soldaten hält kurz vor den beiden an und steigt vom Pferd.

<u>Winnetou</u>
Was suchen die Blauröcke in den Jagdgründen der Apatschen?

<u>Taylor</u>
Der Anführer der kleinen Gruppe:
Warum greift der Häuptling der Apatschen zu seiner Waffe?
Wir kommen in friedlicher Absicht.

Winnetou
So wie die Weißen, die dieses Lager zerstört haben?

Taylor
Gibt es denn Hinweise darauf, dass es Weiße waren, die dieses Blutbad angerichtet haben?

Winnetou
Könntest du Spuren lesen, müsste ich auf die Frage nicht antworten. Winnetou sagt dir aber, dass es vierzehn Weiße und dreizehn Sioux waren, die dieses friedliche Lager überfallen haben.

Taylor
Winnetou mag mich berichtigen, aber die Sioux sind keine Weißen, oder?

Winnetou
Hüte deine Zunge! Winnetou ist nicht der Mann, der sich verspotten lässt.

Old Firehand
Er tritt neben Winnetou:
Dürfen wir vielleicht erfahren, mit wem wir eigentlich sprechen?

Taylor

Ich bin Leutnant Taylor und bin zurzeit im nahegelegenen Fort unter General Meyers stationiert. Darf ich auch erfahren, wer Ihr seid?

Old Firehand.

Natürlich dürft Ihr das. Man nennt mich Old Firehand

Taylor

Ah..., der berühmte Westman, der immer für das Gute eintritt. Ich verstehe.

Old Firehand

Dann versteht Ihr wohl auch, dass ich mich sehr darüber wundere, dass die Kavallerie so spät hier eintrifft. Der Überfall wurde schon vor einigen Tagen begangen.

Taylor

Nun, das Gebiet, das wir zu überwachen haben, ist sehr groß. Wir können mit unseren Truppen nicht das ganze Areal überwachen.

Old Firehand

Aber ich kann davon ausgehen, dass Ihr eine Meldung über das Geschehene machen werdet.

Taylor

Das ist meine Pflicht, Sir.

Winnetou
Werden die Blauröcke die Mörder bestrafen?

Taylor
Wie Old Firehand schon sagte: Der Überfall liegt einige
Zeit zurück und sicher ist die Bande schon über alle Berge.
Und wenn Winnetou Recht hat, müssten wir auch gegen die
Sioux etwas unternehmen.

Old Firehand
Wir werden Euch zu Eurem Fort begleiten und selbst mit
dem General sprechen, wenn Ihr uns das gestattet.

Taylor
Das kann ich Euch nicht verwehren. Und wer ist der
Gentlemen?
Er deutet auf Old Shatterhand.

Old Shatterhand
Ich bin Old Shatterhand.

Taylor
Ah, der berühmte Blutsbruder Winnetous.

Old Firehand
Verlieren wir nicht noch mehr Zeit.

Lasst uns aufbrechen.

Alle besteigen ihre Pferde und reiten los.

Offene Prärie:
Einige Planwagen wurden zu einer Wagenburg
zusammengestellt, die man in der Totalen sieht (Krahn-
Ansicht).
Die Siedler gehen ihrer Arbeit nach, um Vorbereitungen für
die Nacht zu treffen.
Zeit: Abenddämmerung
An einem der Feuer sitzt der Treckführer mit einer, vom
Aussehen her, eher zwielichtigen Gestalt.
Es handelt sich um den Bandenführer Sirius Shylock.
Die Kamera fährt auf beide zu.
Die Kamera übernimmt den Part eines Beobachters, d.h.
mit dem Heranzoomen wird er Ton (die Unterhaltung) der
beiden Männer langsam lauter.

Man hört die Geräusche der Tiere und die Geräusche, die
man in einem Lager hören kann.
Sirius Shylock gestikuliert mit seinen Händen, während der
Treckführer immer wieder den Kopf schüttelt.

<u>Shylock</u>
Ton wird langsam immer lauter:
Versteht Ihr denn nicht, welchen Vorteil ich Euch anbiete?

Ihr bekommt das beste Land, das Ihr überhaupt bekommen könnt und es liegt direkt vor Eurer Nase.

Hartmann
Treckführer
Ich weiß euer Angebot wirklich zu schätzen, aber annehmen kann ich es unmöglich.

Shylock
Aus welchem Grunde?

Hartmann
Ich sagte es bereits. Wir haben unser Land von der Regierung erhalten und werden dort siedeln, wo es uns erlaubt wurde.

Shylock
Ihr wollt also Eure Familien noch wochenlangen Strapazen aussetzen, obwohl ich Euch Land anbiete, dass Ihr mit ausgestreckter Hand erreichen könnt?

Hartmann
So ist es, Mister.

Shylock
Gut, ich kann niemand zu seinem Glück zwingen.

Hartmann
Glück? Beantwortet mir einmal eine Frage. Was glaubt Ihr, würden die Indianer unternehmen, wenn wir uns hier einfach ansiedeln?

Shylock
Die Indianer lasst unsere Sorge sein.

Hartmann
Das sagt Ihr so leicht. Und wer schützt uns, wenn wir Land besiedeln, das nicht uns gehört. Glaubt Ihr, die Regierung würde das dulden?

Shylock
Die Regierung? Macht Euch nicht lächerlich. Die Regierung hat noch nie gehalten, was auf den Verträgen mit den Indsman stand.
Die Herren in Washington sind dankbar für jede rote Seele die wir in die ewigen Jagdgründe schicken.

Hartmann
Trotzdem, es bleibt dabei, Mister Shylock.
Wir werden unseren Weg verfolgen, so wie wir es geplant haben.

Shylock
Ist das euer letztes Wort? Wollt Ihr nicht noch Euren Scout befragen?

Hartmann
Nein.
Unser Scout hat einen klaren Auftrag und das war mein
allerletztes Wort.
Und nun möchte ich Euch bitten, uns zu verlassen.

Shylock
Wie ich schon sagte, ich kann niemand zu seinem Glück
zwingen.
Gehabt Euch wohl.

*Hartmann antwortet nicht, sondern tippt mit dem
Zeigefinder an seine Hutkrempe.
Shylock erhebt sich und man sieht ihn dann zwischen den
Wagen ins Dunkel verschwinden.*

Szenenwechsel
*Shylock erreicht sein Lager, in dem seine Bande auf ihn
wartet. Er spricht mit seinem Unterboss Lex*

Shylock
Und Lex, ist alles in Ordnung?

Lex
Ja.
Hat die Unterhaltung mit dem Treckführer was gebracht?

Shylock

Nein, dieser Dutchmen lässt sich auf nichts ein.

Lex

Und nun?

Shylock

Nun werden die Sioux in die Pflicht genommen.

Lex

Wie meint Ihr das?

Shylock

Wir werden nicht noch einmal einen Fehler machen.

Lex

Welchen Fehler?

Shylock

Um Ihr Vertrauen zu gewinnen, blieb uns nichts anderes
übrig, als mit den Sioux gemeinsam das kleine Lager der
Apatschen zu überfallen und natürlich haben wir Spuren
hinterlassen.
Aber nun sind die Sioux an der Reihe.

Lex

Ihr wollt den Siedlertreck von den Sioux niedermachen lassen?

Shylock

Genau das habe ich vor. Ist Mankato im Lager?

Lex

Ja, er und seine Krieger.

Shylock

Gut, dann gehe gleich ich zu ihm.

*An einem Lagerfeuer sitzt der Häuptling der Sioux,
Mankato, mit einigen Unterhäuptlingen.
Shylock lässt sich auf dem Platz gegenüber dem Häuptling
nieder.*

Shylock

Erlaubt der Häuptling der Sioux, dass ich ihn um etwas bitte?

*Mankato ignoriert Shylock einige Zeit, zieht genüsslich an
seinem Kalumet, legt dieses dann in aller Ruhe zur Seite.*

Mankato
(Etwas aufbrausend)

Warum stellst du mir eine solche Frage? Du kommst hierher, setzt dich, ohne eingeladen zu sein, an mein Feuer und möchtest mich um was bitten?

Shylock
Mir fehlt die Zeit, die Gepflogenheiten der Sioux zu beachten.
Was ich zu sagen habe, duldet keinen Aufschub.

Mankato
Sprich!

Shylock
Reite unverzüglich mit deinen Kriegern in Richtung Westen.
Nach einiger Zeit wirst du auf einen Siedlertreck stoßen: Greif ihn an und töte jedes lebende Wesen!

Mankato
Warum sollte Mankato das tun?

Shylock
Weil ich es will! Sonst können wir unseren Plan nicht vollständig durchführen.

Mankato
Hör zu, du weißer Hund!

79

Versuche nicht, mich zu täuschen. Das würde dir schlecht
bekommen.
Denke an dein Versprechen!

Shylock
Ich werde an mein Versprechen denken, wenn du den
Siedlertreck angreifst und alle tötest.

Mankato
Gut, es soll so geschehen wie du willst,
aber denke an meine Worte!

Nun spielen sich folgende Szenen ab:
Man sieht nur noch ein einziges Feuer in der Wagenburg
und
sternenklaren Himmel.
Ein brennender Pfeil schwirrt durch die Luft und trifft einen
Planwagen, dessen Plane sofort in Flammen aufgeht!
Der Kriegsschrei der Sioux ertönt!
Es entbrennt ein fürchterlicher Kampf.
Hier sollte darauf geachtet werden, brutale Szenen nur
anzudeuten!

Szenenwechsel

Winnetou erreicht mit Old Shatterhand und Old Firehand das Fort.
Die Gruppe, also die Soldaten mit ihrem Anführer Taylor, Winnetou und Old Shatterhand/Firehand, reitet auf das Fort zu.
Winnetou, Shatterhand und Firehand zügeln ihre Pferde, worauf dies auch Taylor tut. Er dreht sich im Sattel herum und ruft über seine Schulter:

<u>Taylor</u>
Warum zögert Winnetou?

<u>Winnetou</u>
Der Häuptling der Apatschen betritt kein Fort des weißen Mannes. Sagt dem General, dass Winnetou ihn hier zu sprechen wünscht.

<u>Taylor</u>
Traut Winnetou uns nicht?
Hat er Angst, dass wir ihn gefangen nehmen?

<u>Winnetou</u>
Angst?
Hör mir genau zu, weißer Mann.
Winnetou ist der oberste Häuptling der Apatschen.
Er braucht nur die Hand auszustrecken, hier oder dort, und alle Krieger würden auf seine Befehle warten.

Aber Winnetou liebt den Frieden und möchte auch
weiterhin in Frieden leben.
Wäre dies nicht so, dann würden die Apatschen Euch lehren
was Angst bedeutet.

Taylor
Das sind große Worte, die Ihr da sprecht. Ich möchte fast
sagen feindselige Worte. Ich werde....

Old Firehand
Unterbricht Taylor:
Ihr werdet nun auf dem schnellsten Weg dem General
Meldung machen oder soll ich das tun?

Taylor reitet durch das offene Tor des Forts.

Szenenüberblendung

*Der General reitet mit zwei Begleitern, darunter auch
Taylor, auf Winnetou Firehand und Old Shatterhand zu,
erreicht diese und steigt ab.*

General
Ich grüße den Häuptling der Apatschen und natürlich auch sie Mister Shatterhand und Mister Firehand. Ich hoffe, Ihr kommt in friedlicher Absicht.

Winnetou
Winnetous Absichten dienen immer dem Frieden, aber er möchte wissen, warum die Blauröcke nichts gegen die weißen Banditen unternehmen, die seit einigen Monden hier ihr Unwesen treiben?

General
Meine Soldaten können nicht überall sein.

Old Firehand
Aber Ihr solltet schon dafür sorgen, dass Eure Leute manchmal zur richtigen Zeit am richtigen Ort sind.

General
Wollt Ihr damit sagen, dass ich meine Pflicht vernachlässige?

Old Firehand
Man könnte den Eindruck gewinnen! Seit längerer Zeit streift die Shylock-Bande durch die Jagdgründe

verschiedener Stämme, tötet und plündert und niemand kümmert sich darum.

General

Es lagen bisher keine Beweise vor, dass Mr. Shylock etwas mit diesen Vorfällen zu tun hatte.

Old Firehand

Beweise findet man nur, wenn man danach sucht.

Taylor

Tritt neben den General.
Erlaubt, dass ich etwas dazu sage.

General

Bitte.

Taylor

Wir sind jedem verdammten Hinweis nachgegangen, den irgendeine Rothaut hier gemeldet hat. Nichts deutete darauf hin, dass Shylock irgendetwas mit den Schurkereien zu tun hatte. Aber das sagte Euch der General ja schon.

Man hört dass sich einige Reiter nähern.

Taylor
Da kommt ja Sirius Shylock mit seiner furchterregenden
Horde von fünf Männern. *(lacht)*

*Shylock reitet auf die Gruppe zu und hält mit seinen
Männern vor der Gruppe an.
Keiner steigt ab.
Er trägt schwarze Kleidung. Auffallend ist eine
Augenklappe, die sein linkes Auge bedeckt.*

Shylock
Er tippt an seine Hutkrempe.
Hallo General Meyer, Mister Taylor. Wie ich sehe habt Ihr
hohen Besuch.

General
Winnetou, der Häuptling der Apatschen ...

Shylock
Ihr braucht mir die Gentlemen nicht vorzustellen.
Das sind Winnetou und sein Blutsbruder Old Shatterhand
und der berühmte Old Firehand.
Ich hatte zwar noch nicht das Vergnügen, aber wer im
Wilden Westen kennt diese Herren nicht?

Old Shatterhand
Ob für Euch ein Vergnügen sein wird, möchte ich sehr
bezweifeln.

Shylock
Warum so feindselig, Mister Shatterhand? Wir kommen hier
zufällig vorbei und haben keine bösen Absichten.

Old Firehand
Kamt Ihr und Eure Bande mit den Sioux vor einigen Tagen
auch **zufällig** an einem Lager der Apatschen vorbei und
habt diese allesamt ausgelöscht?

Shylock
Was fällt Euch ein?
Denkt nicht, dass ich ein Mann bin, der sich ungerechtfertigt
verdächtigen lässt.
Wir kommen hierher, um im Store unsere Vorräte zu
ergänzen und reiten dann weiter nach Silver Creek.

*Während der ganzen Unterhaltung, - wenn im Gegenschnitt
Shylock zu sehen ist -, sieht man im Hintergrund einen seine
Banditen, der immer ungeduldiger bzw. nervöser wird.*

Shylock

Spricht weiter:
Aber das geht Euch alles nichts an. Wir ziehen unserer
Wege und Ihr die Euren.

Old Firehand
Dann will ich hoffen, dass sich unsere Wege nicht mehr
kreuzen, denn sollten wir Euch bei einem Eurer Streifzüge
erwischen, geht es Euch schlecht.

Shylock
Wenn Ihr mir und meinen Männern etwas beweisen könnt,
sprechen wir weiter.

Winnetou
Winnetou hat Beweise und Winnetou wird dem
Bleichgesicht, sollte er mir noch einmal unter die Augen
kommen, mit diesem Kriegsbeil
(Er zieht seinen Tomahawk aus dem Gürtel),
das Leben nehmen.

*In diesem Moment zieht der nervöse Begleiter seinen Colt
und schießt auf Winnetou. Dieser wirft sich zur Seite.
Während er das tut, schleudert er sein Beil auf den
Banditen, der soeben geschossen hat.
Das Beil trifft den Banditen an der Schulter und dieser
stürzt vom Pferd.*

Während alle zu ihren Waffen greifen, die Soldaten ebenso wie die restlichen Banditen, - auch Old Shatterhand/Firehand haben ihre Waffen zur Hand genommen -, bleibt Shylock seelenruhig und schaut von seinem Pferd auf die Stelle runter, an der der Bandit liegt.

<u>Shylock</u>
Nun, der gute Bradock ist immer schon ein Heißsporn gewesen.
Winnetou hat richtig gehandelt, ich kann ihm keinen Vorwurf machen.

<u>Winnetou</u>
Der Häuptling der Apatschen braucht deine Zustimmung nicht. Wenn das Bleichgesicht glaubt, dass ich falsch gehandelt habe, so mag er absteigen und mit Winnetou kämpfen!

<u>Shylock</u>
Lächelt:
Ich sagte bereits, dass Winnetou richtig gehandelt hat, warum also ein Kampf?
Bei dem nächsten Satz sollte Shylock in Großaufnahme gezeigt werden:
Er beginnt den Satz noch immer lächelnd, aber während er spricht verwandelt sich sein Lächeln in einen bösartigen Gesichtsausdruck:

Sollte es der Häuptling der Apatschen aber noch einmal wagen, mir zu drohen oder eine Waffe auf mich zu richten, wird er schneller in den ewigen Jagdgründen sein, als er es sich wünscht.

Shylock reißt sein Pferd ruckartig herum und galoppiert mit seinen Leuten ins Fort.
Zwei Banditen heben den Verletzten auf und stützen ihn, während sie zu Fuß zum Fort gehen.

Taylor
Wendet sich an Winnetou:
War es das, was Ihr gewollt habt?

Winnetou wendet sich ab, dreht Taylor den Rücken zu und geht zu seinem Pferd.
Taylor, - man sieht ihm an dass er wütend ist -, will Winnetou folgen, wird aber von Old Shatterhand, der ihn energisch am Arm fasst, zurückgehalten.

Old Shatterhand
Bleibt hier!

Taylor folgt der Anweisung.
Old Shatterhand und Old Firehand gehen zu ihren Pferden und steigen auf. Winnetou ist bereits aufgestiegen.

Winnetou führt sein Pferd an Taylor und den General heran und schaut auf sie herab.

Winnetou
Solange die Blauröcke nichts gegen Shylock unternehmen,
herrscht kein Friede zwischen uns.
Howgh, ich habe gesprochen!

Winnetou und Old Shatterhand und Old Firehand reiten davon.

Szenenwechsel

*Im Lager der Apachen.
Droll, Frank und Harry sitzen am Lagerfeuer.*

Droll
Winnetou, Shatterhand und Firehand sind schon eine ganze
Weile unterwegs.
So langsam mache ich mir Sorgen.
Ich habe ein ungutes Gefühl.

Harry
Ich glaube, Ihr sorgt Euch unnötig.

Droll
Wieso?

Harry

Weil Winnetou und Old Shatterhand sowie mein Vater
wissen, was sie tun.

Frank

Das denke ich auch.
Wir sollen hier die Stellung halten und wenn ich mich so
umschaue, weiß ich auch warum.

*Ein Sioux Krieger - Schwarzer Wolf - reitet stolz in das
Lager der Apatschen.*
*Er steigt von seinem Pferd und geht selbstbewusst auf das
Feuer zu.*

Alle erheben sich.

Droll

Was sucht denn ein Sioux im Lager der Apatschen?

Schwarzer Wolf

Winnetou!

Droll

Du bist sehr mutig, alleine zu kommen. Wie ist dein Name?

Schwarzer Wolf

Schwarzer Wolf.
Ich komme um eine Botschaft an den Häuptling der
Apatschen zu überbringen.

Droll
Winnetou ist nicht im Lager.

Schwarzer Wolf
Dann mag der weiße Mann dem räudigen Apatschenhund
sagen, dass der Schwarze Wolf sein Lager ohne Furcht
betreten hat, um ihm zu sagen, dass unser Häuptling, der
unbesiegbare Mankato, Winnetou zu einem Zweikampf
herausfordert.

Frank
*Drängt sich zwischen Droll und Schwarzer Wolf und baut
sich vor diesem auf:*
Wie hast du Winnetou soeben genannt?

Schwarzer Wolf
Einen räudigen Apatschenhund!

Frank
Der Schwarze Wolf mag seine Worte sorgfältiger wählen.
Denn merke dir: Noch eine solche Beleidigung, und ich
ziehe dir persönlich das Fell über die Ohren.
Also VORSICHT über dir schwebt das Schwert des
Diogenes und das hängt an einem seidenen Faden!
Merke dir das.

Droll
Damokles, lieber Vetter, nicht Diogenes.

Frank
Damokles, war das nicht der Mensch, der in einem Fass
lebte?

Droll
Nein, das war Diogenes.

Frank
Dann hängt eben das Schwert des Damokles an einem
seidenen Faden über dem Indsman.

Droll
An einem Rosshaar, lieber Vetter, nicht an einem seidenen
Faden.

Frank
Dann hängt es eben an einem Rosshaar, aber hältst du es für
nötig, mich zu verbessern, gerade wenn ich dabei bin, dieser
Rothaut Manieren beizubringen?

Droll
Nur wenn's nötig ist, nur wenn's nötig ist, liebes Vetterherz.

Frank
Schaut seinen Vetter böse an.
Gut, wenn ich hier nicht den nötigen Respekt erhalte, gehe
ich.
Er geht einige Schritte, stoppt dann,

dreht sich noch einmal zum Schwarzen Wolf um:
Aber du Rothaut, sei gewarnt!
Gleichgültig ob Diogenes, Damokles, ob seidener Faden
oder Rosshaar,
Unheil schwebt in jedem Fall über dir.
Geht.

Schwarzer Wolf
Ich verstehe die Worte dieses Bleichgesichtes nicht.

Droll
Aber meine wirst du verstehen. Ich werde Winnetou deine
Botschaft ausrichten. Aber welchen Sinn soll ein
Zweikampf zwischen den Häuptlingen haben?

Schwarzer Wolf
Der Häuptling der Sioux wurde von Winnetou beleidigt.
Winnetou spricht mit gespaltener Zunge über Mankato und
seine Krieger. Beleidigungen lassen sich nur durch einen
Kampf auf Leben und Tod abwaschen.
Wann wird der räudige ... *schaut zu Frank* ... wann wird
Winnetou wieder in seinem Lager sein?

Droll
Das kann ich nicht...

Man sieht Winnetou und Old Shatterhand und Old Firehand langsam ins Lager reiten. Winnetou erblickt den Sioux Schwarzer Wolf.
Er gibt seinem Pferd die „Sporen“ und Old Shatterhand und Old Firehand folgen ihm. Winnetou bringt sein Pferd kurz vor Schwarzer Wolf zum Stehen, springt vom Pferd und baut sich vor Schwarzer Wolf auf.

Winnetou

Im Lager der Apatschen ist kein Platz für den Schwarzen Wolf. Er mag uns schnell verlassen, denn Winnetous Geduld ist nicht unendlich!

Schwarzer Wolf

Der Schwarze Wolf ist gekommen, um dem Häuptling der Apatschen eine Botschaft zu bringen.
Steigt auf sein Pferd und blickt boshaft zu Winnetou herunter:
Winnetou wird mit Manatoka kämpfen.
Auf Leben und Tod!
Dem Sieger wird freies Geleit gewährt!
Wir erwarten Dich und auch Deine Krieger in drei Tagen, wenn die Sonne am höchsten steht, am Fuße des Berges, den die Bleichgesichter Geisterschlucht nennen.
Nach dem Sieg Mankatos wird Winnetous Name ausgelöscht sein aus den Köpfen aller roten Krieger.

Er reißt sein Pferd herum und reitet im Galopp aus dem Lager.

Winnetou
Schaut dem Schwarzen Wolf nach:
Winnetou wird den Häuptling der Sioux nicht schonen.

Droll
Winnetou sollte sich nicht vorschnell entscheiden.

Winnetou
Droll mag sich von Old Shatterhand berichten lassen, was geschehen ist, dann wird er den Häuptling der Apatschen verstehen.
Winnetou geht zu seinem Zelt und verschwindet darin.

Droll
Winnetou scheint sehr aufgebracht zu sein!

Old Shatterhand
Ich kann dies erklären.
Wir waren im Fort.
Auf dem Rückweg fanden wir die Überreste eines Trecks.
Alle wurden getötet. Männer, Frauen und Kinder. Die Spuren waren eindeutig.
Den Überfall verübten die Sioux!

Szenenwechsel

Eine kleine Stadt im Wilden Westen.
Shylock reitet mit seiner Bande durch die Hauptstraße.
Sie halten vor dem Saloon, steigen ab und binden ihre
Pferde an.
Shylock blickt sich misstrauisch um.
Shylock und seine Männer betreten den Saloon.
Dort herrscht reges Treiben.
Ein Musiker singt ein stimmungsvolles Lied.
Die Tische sind gut besetzt und Shylock und seine Männer
finden nur noch an der Theke Platz.
Geschäftstüchtig fragt der Wirt:

Wirt
Was darf ich den Herren bringen?

Shylock
Gebt uns eine Flasche von Eurem Rachenputzer.

Wirt
Rachenputzer?
Von mir bekommen die Herren nur den besten Whisky!

Shylock
Dann bringt eine Flasche.

Wirt
Gerne.

Lex
Ärgerlich, dass wir im Fort nicht alles bekommen haben,
was wir benötigen.

Shylock
Du meinst das Dynamit?

Lex
Ja.

Shylock
Deshalb sind wir in der Stadt.

Lex
Glaubt Ihr, dass es hier so einfach zu besorgen ist?

Shylock
Sicher ist es das. Im Store gegenüber werden wir mit
einigen Dollars winken und bekommen, was wir verlangen.

Lex
Euer Plan steht also fest.

Shylock
Ich habe meine Pläne immer in die Tat umgesetzt.
Nun geht es um alles oder nichts.

Und wenn ich den ganzen Berg der Apatschen...

*Der Wirt bringt eine Flasche und einige Gläser und stellt
diese vor Shylock auf die Theke. Shylock nimmt die Flasche,
verteilt die Gläser und schenkt seinen Leuten die Gläser
voll.*

Shylock
Dann zum Wohl, meine Herren.

Lex
Zum Wohl, Boss

*Die Bande prostet Shylock zu und alle kippen den Inhalt der
Gläser hinunter.*

Lex
Was möchtet Ihr mit dem Berg der Apatschen tun?
Ihn in die Luft sprengen?

Shylock
Glaubst du, dass ich...
*Er bemerkt, dass der Wirt dem Gespräch anscheinend
interessiert zuhört.*

Shylock
Zum Wirt:
Könnt Ihr unserem Gespräch folgen oder sollen wir lauter
sprechen?

Wirt
Etwas verlegen:
Es war nicht meine Absicht, Euch zu belauschen.

Shylock
Dann macht es so wie Euer Alkohol.
Verflüchtigt Euch!

*Der Wirt wischt noch einmal über die Theke und entfernt
sich dann.*
Shylock wendet sich wieder seinen Kumpanen zu.
Im Saloon herrscht noch immer reges Treiben.
Das bedeutet: Musik im Hintergrund usw.
Plötzlich bricht der Musiker mitten in einem Lied ab.
Alle Gäste schauen ihn verwundert an.
*Der legt in aller Ruhe seine Gitarre weg, geht zu einem
Stuhl über dem sein Holster mit dem Colt hängt und schnallt
ihn sich um.*

Gast
He, Musikus, spielt uns noch ein paar schöne Weisen.

Der Musiker zieht den Colt aus dem Holster und überprüft,
ob er geladen ist.
Dann schiebt er ihn in den Holster zurück.
Haben sich die Gäste bisher über das Verhalten des
Musikers gewundert, was sich in allgemeiner Unruhe
bemerkbar machte, so wird es plötzlich ganz still als sich
der Musiker einige Schritte hinter Shylock in Position
bringt.
Auch Shylock fällt die plötzliche Stille auf und er dreht sich
herum.
Er schaut den Musiker an, während dieser seine rechte
Hand über dem Kolben seines Colts „schweben" lässt.

Shylock
Kann ich Euch behilflich sein, Mister … ?

Der Mann zeigt keine Reaktion, sondern schaut Shylock nur
mit eisigem Blick an.

Shylock
Wollt Ihr mich zu einem Duell fordern?
Das würde Euch schlecht bekommen, Mister Kirk
Maverick.
Bei den letzten Worten dreht er sich zu seinen Kumpanen
um und lacht sehr laut.

Maverick
Ihr wisst also, wer ich bin?

Shylock
Selbstverständlich.

Maverick
Dann wisst Ihr, was Euch nun erwartet!

Shylock
Was soll mich denn erwarten?

Maverick
Der Tod. Ich räche meinen Vater, den Ihr erschossen habt.

Shylock
So, der Tod erwartet mich?
Stellt Ihr Euch das nicht sehr einfach vor?

Maverick
Folgt mir auf die Mainstreet, dann wird sich alles
entscheiden.

Maverick dreht sich um und geht aus dem Saloon.
Er dreht Shylock den Rücken zu.
Lex, zieht seinen Colt, aber Shylock hält dessen Hand fest,
bevor er abdrücken kann.

<u>Shylock</u>
Stopp! Das ist eine Sache, die ich erledigen muss.

Shylock „rückt" sein Holster zurecht und folgt Maverick.

Szenenwechsel

*Man sieht von oben (Kamerakran) die beiden Gegner sich auf der Straße gegenüberstehen. Musik ertönt.
Es folgen kurze Schnitte.
Zu sehen sind:*

Schnitt:
Die Augen von Maverick (wenn möglich blau).

Schnitt:
*Die Hand von Maverick, die über seinem Colt „schwebt".
Wichtig: der Griff seines Colts sollte „weiß" sein, denn die weiße Farbe steht für den positiven Charakter.*

Schnitt:
*Die Hand von Shylock, die über seinem, Colt „schwebt"
Wichtig: der Griff seines Colts sollte „schwarz" sein, denn die schwarze Farbe steht für den negativen Charakter.*

Schnitt:
Die folgende Szene sollte über die Schulter von Shylock (dessen Stimme man nur hört) gefilmt werden.

<u>Shylock</u>
Nun, Mr. Maverick, entscheidet Euch und zieht!

<u>Maverick</u>
Ich lasse Euch den Vortritt.

Schnitt:
Man sieht wie die Bandenmitglieder von Shylock aus dem Saloon kommen und davor aufstellen.

Die Kamera sollte um die beiden Gegner kreisen.

Schnitt 01:
Man sieht eine Hand, die den Colt mit dem schwarzen Griff zieht.

Schnitt 02:
Man sieht eine Hand, die den Colt mit dem weißen Griff zieht.

Schnitt 03:
Es wird in Großaufnahme eine Coltmündung gezeigt, aus der ein Schuss abgegeben wird.

Schnitt 04:
Es wird in Großaufnahme eine Coltmündung gezeigt, aus der ein Schuss abgegeben wird.

Schnitt 05:

Der Colt mit dem weißen Griff fliegt in den Sand der
Straße.

Schnitt 06:

Der Colt mit dem schwarzen Griff fliegt in den Sand der
Straße.

<u>Wichtige Anmerkung</u>

Zwischen den Schnitten 01 – 06 sollte weniger als eine
Sekunde liegen.

Das bedeutet, dass die Schnittfolge so schnell wie möglich
ausgeführt werden sollte, es aber für den Zuschauer noch
erkennbar sein sollte.

Schnitt:

Shylock und Maverick reiben sich die Hand, aus denen
ihnen die Colts geschossen wurden und schauen erstaunt in
die Richtung, aus der die beiden Schüsse gefallen sind.
Sie blicken auf einen Mann mittleren Alters, der gerade
dabei ist, seinen Colt wieder in seinen Holster zu schieben.

<u>Roy Bean</u>
Vielleicht darf ich mich den Herren einmal vorstellen:
Mein Name ist Roy Bean und ich bin der Sheriff dieses
friedlichen Ortes.
Meine Aufgabe ist es, hier für Ruhe und Ordnung zu sorgen.

Ich dulde keinerlei Gewalttätigkeiten und auch keine
Duelle.
Wenn die Herren etwas miteinander zu regeln haben, dann
außerhalb meiner Stadt, wenn ich bitten dürfte.

Shylock
Selbstverständlich Sheriff, aber ich möchte betonen, dass
meine Männer und ich friedlich in diese Stadt kamen.
Dieser Mensch hat mich herausgefordert und ich folgte ihm.

Roy Bean
Nun, Mister Shylock, Leute Eures „Gelichters" sind mir
wohl bekannt.
Und deshalb sage ich Euch: Verlasst die Stadt auf der Stelle,
sonst helfe ich Euch nach.

Shylock
Oho, glaubt Ihr, dass wir uns von Euch so einfach vertreiben
lassen?
Was meint ihr, Jungs?

*Provozierend schlendern Shylocks Bandenmitglieder zu
ihrem Boss und stellen sich hinter ihn.*

Shylock
Nun sieht die Sache etwas anders aus, Mister Bean.
Ihr steht allein gegen uns. In Ihrem Colt stecken noch vier
Kugeln,

aber die reichen nicht für uns alle.

Maverick
Er hat seinen Colt wieder an sich genommen, hält ihn etwas unsicher in der linken Hand:
Es sind zehn Kugeln Shylock.

Wirt
Er steht mit einer Schrot-Flinte vor seinem Saloon.
Und ich schicke noch zwei Ladungen Schrot hinterher!

Roy Bean
Ihr seht, Mister Shylock, Ihr seid hier nicht erwünscht.
Verschwindet also und dankt Gott, dass hier noch kein Steckbrief vorliegt.
Aber das wird sich sicher bald ändern.

Shylock
Ich verstehe. Erlaubt Ihr uns, dass wir noch einiges im Store besorgen, bevor wir diese gastfreundliche Stadt verlassen.

Roy Bean
Ich bin kein Unmensch, Shylock.
Aber in spätestens einer Stunde, will ich keinen mehr von Euch in der Stadt sehen. Ich hoffe Ihr habt mich genau verstanden.

Shylock

Selbstverständlich, Sheriff, selbstverständlich.
Kommt Jungs!

Wirt
Einen Moment noch.
Er geht auf Shylock zu.
Darf ich um die Bezahlung der Flasche bitten?
Er hält die Hand auf und Shylock gibt ihm ein Geldstück.
Es muss ja alles seine Richtigkeit haben, oder?

Shylock und seine Männer gehen in Richtung Store und betreten ihn.

Schnitt

Im Inneren des Ladens.
Shylock geht zielstrebig auf die Verkaufstheke zu, während seine Männer sich im Laden verteilen, um sich die Waren anzusehen.
Der Krämer blickt misstrauisch und macht einen ängstlichen Eindruck.

Shylock
Habt Ihr das eben mitbekommen?

Krämer
Nun, ich stand zufällig vor meinem Laden und...

Shylock

Zufällig? Schon klar. Dann wisst Ihr, dass wir keine Zeit
mehr zu verlieren haben.
Gebt uns also, was wir verlangen und alles bleibt ruhig und
friedlich und Ihr bei bester Gesundheit.

Krämer
Was möchten denn die Herren?

Shylock
Dynamit!

Krämer
Erschrocken:
Dynamit?

Shylock
Dynamit!

Krämer
Ich darf nicht an jeden Kunden Dynamit verkaufen.

Shylock
Wir sind ja auch keine gewöhnliche Kundschaft.

Krämer

Ich muss genau darüber Buch führen, an wen ich
Sprengstoff verkaufe. Das hat der Sheriff vor einiger Zeit
angeordnet.

<u>Shylock</u>
Dann führt genau Buch.
Schreibt einfach:
Eine Kiste Dynamit, verkauft an Mister Shylock

<u>Krämer</u>
Ihr macht wohl Witze. Grade an Euch darf ich kein Dynamit
verkaufen.

<u>Shylock</u>
Wieso nicht?

<u>Krämer</u>
Nun...
Er druckst etwas herum:
Ihr seid nicht gerade als ein friedliebender Mensch bekannt.
Ich meine das nicht böse, aber der Sheriff wird mir den
Kopf abreißen, wenn ich Euch das verlangte gebe.

<u>Shylock</u>
Ihr habt doch gerade gehört, dass kein Steckbrief gegen uns
vorliegt.
Als gibt es doch kein Problem, oder?

Der Krämer kratzt sich am Kopf, überlegt einen Moment, und geht dann ins Lager und kehrt mit einer Kiste Dynamit zurück.

Krämer
Ihr habt Recht. Es gibt keinen Grund, Euch das Dynamit nicht zu verkaufen.
Macht 200 $, wenn ich bitten darf.

Shylock
Die sollt Ihr haben, hier.
Legt einige Geldscheine auf den Ladentisch.
Jungs, schnappt euch die Kiste und ab damit zu den Pferden.

Auf der Straße:
Roy Bean sitzt auf einem Stuhl vor dem Saloon und hat die Beine auf dem Geländer vor ihm. Er erblickt Shylock und seine Männer und wie sie mit der Kiste Dynamit zu den Pferden gehen.
Er geht zügig auf die Bande zu.

Roy Bean
Hallo Mister Shylock, woher habt Ihr denn das Dynamit?

Shylock
Ehrlich erworben.

Roy Bean

Hat Euch der Krämer die Kiste verkauft?

Shylock
Genauso ist es, wer sonst?
*Der Krämer verfolgt das Gespräch, obwohl er sehr eifrig
die Stufen vor seinem Laden kehrt.*

Roy Bean
Dreht sich zu dem Krämer um und ruft:
Dann werde ich wohl einmal ein ernstes Wort mit der
Krämerseele sprechen müssen!

*Der Krämer lässt den Besen fallen und schlägt sich vor die
Stirn.*

Krämer
Oh, mein Gott!
*Er steigt hastig sie Stufen zum Eingang seines Ladens rauf
und verschwindet im Laden. Er schlägt die Tür zu und kurz
darauf hängt ein
Schild „closed" im Fenster.*

Shylock
Können wir nun reiten?

Roy Bean
Ja, packt euch!

*Shylock und seine Leute packen das Dynamit in die
Satteltaschen.
Maverick ist inzwischen neben Roy Bean getreten:*

Maverick
Stellt Euch vor, Sheriff. Ein Schuss in eine der Satteltaschen
und wir hätten der Welt einen großen Gefallen getan.
Roy Bean
Das stimmt schon, aber auch die halbe Stadt würde sich in
Luft auflösen und das Gesetz würde es auch nicht dulden.

Maverick
Das ist wohl wahr.
Ich werde mich nun auch auf den Weg machen.

Roy Bean
Ihr wollt die Tramps verfolgen?

Maverick
Ja.

Roy Bean
Ich kann es auch nicht verbieten, aber Ihr müsst sehr
vorsichtig sein.

Maverick
Das werde ich.

<u>Roy Bean</u>
Gut.
Und ich werde mit der Krämerseele mal eine nette
Unterhaltung führen.

*Roy Bean geht langsam die Stufen zum Store hinauf,
versucht die Tür zu öffnen, die aber verschlossen ist.*

<u>Roy Bean</u>
Macht die verdammte Tür auf!

Keine Reaktion

<u>Roy Bean</u>
Ok. Dann klopfe ich eben an
Poch, poch, **POCH!!!**
Beim dritten POCH tritt er die Türe ein.

AUSBLENDEN

Szenenwechsel
*Im Lager der Apatschen.
Abenddämmerung.
Winnetou sitzt mit Droll, Frank, Old Firehand, dessen Sohn
und Old Shatterhand am Lagerfeuer.*

Winnetou
Die Sonne wird bald untergehen.

Old Shatterhand
Ja, so ist es, mein Bruder.

Winnetou
Aber morgen wird ein neuer Tag erwachen und die Sonne wird wieder auferstehen. Der Häuptling der Sioux wird ihre Wärme morgen zum letzten Mal spüren.

Old Shatterhand
Warum will Winnetou keine Milde walten lassen? Was bringt es uns, wenn der Häuptling im Zweikampf sein Leben aushaucht?

Winnetou
Hat Old Shatterhand nicht mit eigenen Augen gesehen, welche Grausamkeit die Schlange der Sioux an den Menschen, die dem Treck angehörten, verübt hat? Denkt Old Shatterhand nicht auch, dass ein Mensch, der Männer, Frauen und Kinder tötet, selbst getötet werden sollte.

Harry
Darf ich Winnetou eine Frage stellen?

Winnetou
Du bist der Sohn meines Bruders Old Firehand, weshalb
sollte Winnetou dir eine Frage an ihn verwehren?

Harry
Winnetou ist sicherlich nicht erfreut, wenn immer wieder
neue Siedler mit ihren Trecks das Land durchstreifen, um
sich dann auf dem Land niederzulassen, das eigentlich den
Indianern gehört.

Winnetou
Mein junger Bruder spricht die Wahrheit.

Harry
Also wird Winnetou eines Tages auch um das Land der
Apatschen kämpfen müssen.

Winnetou
Wenn die Zeit dazu gekommen ist, wird Winnetou
versuchen für die Weißen und für das Volk der Apatschen
eine friedliche Lösung zu finden.

Harry
Aber die wird es nicht geben, denn...
Wird von Old Firehand unterbrochen.

Old Firehand
Lass es gut sein, mein Sohn.
Winnetou wird sich richtig entscheiden, wenn die Zeit dafür
gekommen ist.
Es ist spät geworden, lass uns zur Ruhe gehen.

Harry
Aber ich wollte doch nur...

Old Firehand
Reagiert nicht, sondern erhebt sich:
Gute Nacht, Gentlemen.
Komm, mein Sohn.

*Firehand und Harry erheben sich und verlassen das
Lagerfeuer.*

Droll
Ich denke, für uns wird es auch Zeit, Vetterherz, oder?

Frank
Ja, ich denke wir sollten uns auch so langsam in
Orpheus´Arme begeben.

Droll
Morpheus!

Frank
Wie belieben?

Droll
Morpheus nicht Orpheus.
Morpheus ist der griechische Gott des Schlafes oder
Traumes,
nicht Orpheus!

Frank
Musst du eigentlich immer alles besser wissen?

Droll
Nur wenn´s nötig ist, Vetterherz, nur wenn´s nötig ist.

Frank
Und es scheint, dass es sehr oft nötig ist.
Aber gleichgültig, ob Orpheus oder Morpheus, ich gebe dir
in einem Punkte Recht.

Droll
In welchem?

Frank
In dem, dass wir uns auch eine Mütze Schlaf gönnen sollten.

Droll
Gut, also auf geht es.

Droll und Frank erheben sich und gehen.
Frank zögert plötzlich, wendet sich noch einmal an
Winnetou.

Frank
Falls ich morgen nicht mehr die Gelegenheit haben sollte, so wünsche ich dem Häuptling der Apatschen, dass Fatima bei dem Kampf an seiner Seite sein möge.

Droll
Fortuna, nicht Fatima.
Fortuna ist die Göttin des Glücks, aber Winnetou wird kein Glück benötigen.

Frank
Während Droll und er das Lagerfeuer endgültig verlassen:
Nun habe ich aber genug!
Du bist ein richtiger...
(Es sollten einige sächsische Schimpfwörter fallen, die lustig sind, also nicht beleidigend.)

Winnetou
Ich habe die letzten Worte von Droll und Hobble Frank nicht verstehen können.

Old Shatterhand
Frank bemächtigte sich seiner Muttersprache.

Winnetou
Er schien sehr böse auf Droll zu sein.

Old Shatterhand
Nein, beide sind unzertrennliche und echte Freunde.
Aber erlaubt mir mein Bruder eine Frage?

Winnetou
Das Herz meines Bruders ist für Winnetou wie ein offenes
Buch, ebenso wie das meine für Old Shatterhand.
Gut, ich werde den Sioux schonen, wenn es mir möglich ist.
Befriedigt dies das Herz meines Bruders?

Old Shatterhand
Ja.
Winnetou wird morgen nicht alleine sein.
Wir alle werden ihn begleiten.

Winnetou
Es erfreut Winnetou, dass er solche Menschen an seiner
Seite hat.
Doch nun ist die Zeit der Ruhe angebrochen.
Ich hoffe mein Bruder versteht, dass ich ihn nun verlassen
möchte um mein Zelt aufzusuchen.

Old Shatterhand
Natürlich.

*Old Shatterhand und Winnetou erheben sich und reichen
sich die Hand.*

Old Shatterhand
Gute Nacht, mein Bruder.

Winnetou
Gute Nacht, Charlie.

Überblendung
Schnitt

**Folgende Szene, die in Winnetous Zelt spielen, sollte mit
einem „Weichzeichner" gedreht werden oder bei der
Überarbeitung entsprechenden behandelt werden.**

*In Winnetous Zelt.
Über dem Feuer befindet sich ein Kessel.
Kachina, in indianischer Kleidung, ist mit der Zubereitung
eines Mahls beschäftigt.
Winnetou betritt das Zelt, worauf sich Kachina erhebt.
Beide schauen sich in die Augen.*

Winnetou

Winnetou ist erfreut, dass Kachina noch im Zelt des
Apatschen verweilt.

Kachina
Wo sollte ich anders sein, als an Winnetous Seite?

*Winnetou setzt sich ans Feuer, Kachina nimmt an seiner
Seite Platz.*

Kachina
Aber ich mache mir Sorgen.

Winnetou
Was betrübt das Herz Kachinas?

Kachina
Dein Kampf gegen den Häuptling der Sioux, der morgen
stattfinden soll.

Winnetou
Kachina muss sich nicht sorgen.
Winnetou wird den Kampf gewinnen, aber den Sioux
Häuptling schonen.

Kachina
Aber... wenn Winnetou in dem Kampf nicht siegt?
Sie zögert:

... ich liebe Winnetou und möchte mit ihm glücklich
werden.

Winnetou
Das ist auch der Wunsch des Apatschen.

Kachina
Ich würde mir wünschen, dass es zu dem Kampf morgen
nicht kommen würde.

Winnetou
Winnetou kann sich der Herausforderung nicht entziehen.
Die Kampfansage besteht und ich muss ihr folgen.

Winnetou erhebt sich, Kachina ebenfalls.
Beide stehen sich gegenüber, Winnetou hält Kachina an den
Schultern.

Kachina
In Großaufnahme:
Wann wird dieses Töten ein Ende haben?

Auf keinen Fall darf Winnetou Kachina küssen.
Ausblenden

Szenenwechsel
Mittagszeit, die Sonne hat ihren höchsten Stand erreicht.

Die Kamera (von oben herab) zeigt einen großen Platz am
Fuße eines Berges.
Zwei Gruppen stehen sich gegenüber.
Auf der einen Seite: einige Apatschenkrieger sowie
Winnetou,
Old Firehand, Droll, Frank und natürlich Old Shatterhand.
Auf der anderen Seite: die Krieger der Sioux und ihr
Häuptling.

Die Kamera zeigt eine Gruppenaufnahme der Sioux und den
Häuptling, der einige Schritte in die Richtung der
Apatschen geht.
Mankato spukt auf den Boden und ruft Winnetou zu:

<u>Mankato</u>
Mankato wird nun zu seinem Pferd gehen, bewaffnet mit
einem Tomahawk.
Winnetou sollte sich auch bereit machen und sich nicht
hinter den Weißen verstecken, denn sonst spalte ich ihm den
Kopf inmitten seiner Brüder.

<u>Winnetou</u>
Zu seinen Freunden:
Der Häuptling der Apatschen wir nun in den Kampf ziehen.

<u>Frank</u>
Möge Fatima mit dir sein, Winnetou.

Droll
Fortuna, liebes Vetterherz, ich sagte es schon einmal,
Fortuna.

Frank
Schweig stille, Tante Droll!!!

Die folgenden Kampfszenen sollten ähnlich angelegt werden
wie die in dem Film OLD SHATTERHAND.
Wichtig ist allerdings, die Szenen sehr schnell abfolgen zu
lassen.
Das bedeutet:
Man sieht zwei Hände mit Kriegsbeilen, wie sie
zusammenprallen.
Immer wieder Schnitte auf die Akteure.
In einer Gesamtaufnahme sollte man sehen, wie Winnetou
seinem Gegner mit seinem Kriegsbeil das Beil Mankatos
aus der Hand schlägt.
In seiner Wut springt Mankato aus dem Sattel und reißt
Winnetou vom Pferd.
(Stunt)
Der Kampf wird auf der Erde fortgesetzt.
Winnetou, edel wir er ist, wirft, da sein Gegner keinen
Tomahawk mehr hat, auch seinen weg.
Mankato lächelt und zieht sein Messer.
Winnetou ebenfalls, wirft es aber weg.

Mankato
Nun hat Winnetou sein Leben verwirkt!

Er stürzt sich auf Winnetou.
Es sollten noch viele Kampfszenen folgen.
Die sollten so angelegt werden, dass wirkliche Action auf
den Zuschauer trifft.
Also schnelle Musik, schnelle Schnitte usw.

Am Ende des Kampfes solle folgendes geschehen:
Winnetou siegt auch ohne Waffe.
Ihm gelingt es sogar, Mankato das Messer zu entwenden.
Das Ende des Kampfes:
Winnetou kniet auf der Brust des Sioux und hält ihm sein
eigenes Messer an den Hals.

Winnetou
Und nun werde ich das Licht deines Lebens löschen!

Mankato
Dann soll der Hund der Apatschen mein Leben nehmen,
wenn es ihm gefällt.

Winnetou
Nein, ich will dein Leben nicht!
Aber ich werde dich zeichnen, damit du dich immer an
diesen Kampf erinnerst!

***Hier sollte nicht, wie ursprünglich geplant, gezeigt
werden, wie Winnetou Mankato „zeichnet".
Beim nächsten Auftritt von Mankato, hat dieser aber eine
Wunde (Narbe) im Gesicht!!***

Szenenwechsel
*Maverick reitet alleine auf die Kamera zu.
Er hält sein Pferd an, steigt ab und untersucht eine Spur.*

<u>Maverick</u>
(zu sich)
Nun wird es bald Nacht und auch die Banditen werden sich
zur Ruhe begeben.
Ich werde ihnen also langsam folgen und wenn sie lagern,
wird es einen mächtigen Knall geben und die Welt ist von
einigen Schurken befreit.

Szenenüberblendung

*Abenddämmerung:
Shylock und seine Bande erreichen einen guten Lagerplatz
und steigen von ihren
Pferden.*

Szenenüberblendung

Die Banditen sitzen am Feuer.

Shylock
Nun sind wir bald am Ziel.

Lex
Wo ist unser Ziel?
Bisher haben wir wenig davon erfahren.

Shylock
Das Gold der Apatschen.

Lex
Und Ihr wisst, wo das zu finden ist?

Shylock
Beinahe.

Lex
Und warum holen wir uns das Gold nicht einfach?

Shylock
Weil ich nur ungenau sagen kann, an welcher Stelle man
suchen muss.
Das ist das Problem.

Lex
Und deshalb das viele Dynamit.

<u>Shylock</u>
Genau... wir werden nicht lange suchen, nachdem wir mit
Hilfe der Sioux die Apatschen vertrieben haben.

<u>Lex</u>
Was ich nicht so ganz verstehe...

<u>Shylock</u>
Was verstehst du nicht?

<u>Lex</u>
Wieso die Sioux uns unterstützen.

<u>Shylock</u>
Das ist einfach zu erklären.
Die Sioux und die Apatschen waren sich noch nie grün.

<u>Lex</u>
Aber ich glaube nicht, dass Winnetou der Mann ist, der sich
und die seinen einfach so vertreiben lässt.

<u>Shylock</u>
Wenn wir Glück haben, lebt der Apatsche zu diesem
Zeitpunkt schon nicht mehr.

<u>Lex</u>
Wieso?

<u>Shylock</u>
Ich denke, dass Mankato ihn in die ewigen Jagdgründe
befördert hat.

<u>Lex</u>
Ihr glaubt doch nicht wirklich, dass Mankato Winnetou
besiegen konnte.

<u>Shylock</u>
Warten wir es ab.

Beide lachen.

Schnitt
(Szenenüberblendung)

*Maverick, versteckt hinter einem Felsen mit freiem Blick
und Schussfeld auf das Lager der Banditen, lädt sein
Gewehr leise durch.*

<u>Maverick</u>
So meine Herren. Eure letzte Stunde hat geschlagen!
*Er legt ganz langsam das Gewehr an und zielt auf eine der
Satteltaschen.*
Plötzlich wird er von hinten gepackt und niedergerissen.

Maverick
Einer der Banditen überwältigt Maverick und schleppt ihn
ans Lagerfeuer der Gangster.
Auf dem Weg dahin ruft er:

Bandit
Lex, Shylock, schaut wen ich hier bringe.

Shylock
Na, wen haben wir denn da? Mister Maverick. So spät noch
unterwegs?
Ihr hattet doch keine bösen Absichten, oder?
Habt Ihr geglaubt, dass Ihr Euch heimlich an uns
heranschleichen und auslöschen könntet?
Zu seinen Männern:
Fesselt ihn und teilt Wachen ein, die ihn die ganze Nacht
nicht aus den Augen lassen.

Schnitt
(Szenenüberblendung)

Wir sehen das Lager der Banditen am Morgen.
Maverick liegt gefesselt am Boden.
Die Arme links und rechts ausgestreckt und an den Händen
an Pflöcke, die man in die Erde gerammt hat, gefesselt.
Ebenso so weit auseinander sind die Beine.

Shylock

Beugt sich über Maverick.

Eigentlich könnte ich Euch einfach über den Haufen schießen.

Hier kräht kein Hahn danach.

Aber ich möchte, dass Ihr diese Welt auf eine besondere Art verlasst.

Ich habe von den Indianern eine nette Art der Folter gelernt.

Wie Ihr feststellt, haben wir Euch schön angebunden.

Aber der eigentliche Spaß an der Sache kommt erst noch.

Schaut was ich hier habe.

Er zieht ein Lederband aus der Tasche.

Ich möchte nicht, dass Ihr bei der Hitze, die heute noch herrschen wird, gänzlich unerfrischt bleibt.

Er gießt Wasser aus seiner Feldflasche über das Lederband.

Wenn man ein solches Band gut befeuchtet und ich es Euch um den Hals binde,

Er tut dies während er spricht.

dann entwickelt das Leder eine besondere Eigenschaft.

Wenn es langsam trocknet, zieht es sich zusammen.

Das hat einen kleinen Nachteil für Euch.

Dieses kleine Band wird Euch ganz langsam die Luft zum Atmen nehmen, denn es wird Euren Hals immer enger umschließen.

Ich gebe zu, dass ein solcher Tod schlimmer ist, als der Tod am Galgen.

Wenn der Henker richtig arbeitet, bricht sich der Verurteilte beim Herabstürzen das Genick.

Bei dieser Methode werdet Ihr ganz langsam ersticken.
Ich sage Euch, das kann Stunden dauern.
Oder besser gesagt, ich hoffe dass es Stunden dauert.
Aber leider können wir Euch keine Gesellschaft leisten.
Dringende Geschäfte dulden keinen Aufschub.
Also, so long, Mister Maverick. Übrigens, Euer Köter treibt
sich noch hier herum, aber der wird Eure Fesseln nicht
durchbeißen können.

Die Banditen steigen auf ihre Pferde und reiten weg.

Zeitspanne
***Hier könnte man nun, natürlich wird Maverick in letzter
Minute gerettet,***
***seine Leidenszeit bis zu Rettung mehr oder weniger lang
ausdehnen. Also, hier wäre die Möglichkeit gegeben, den
Film zu strecken oder zu kürzen.***

Im Lager der Apatschen.
In Winnetous Zelt.
Kachina und „Junger Adler" sitzen am Feuer.

<u>Kachina</u>
Ich mache mir große Sorgen um Winnetou.

<u>Junger Adler</u>
Meine weiße Schwester sorge sich nicht.

Der Häuptling der Apatschen wird die Kröte der Sioux
zertreten.
Noch nie ist es einem weißen oder roten Krieger gelungen,
Winnetou zu besiegen.

Kachina
Ich danke dir für deine tröstenden Worte.

Junger Adler
Aber der Junge Adler möchte aufrichtig zu seiner weißen
Schwester sein und deshalb habe ich nicht...
Sie bricht ab.

Kachina
Was verschweigt mir der Junge Adler?

Junger Adler
Ich habe nicht ganz die Wahrheit gesprochen.

Kachina
Winnetou erzählte mir, dass er den Jungen Adler liebt wie
einen Sohn.
Mir geht es ähnlich und deshalb sollte der Junge Adler auch
sein Herz öffnen.

Junger Adler

Der Junge Adler spricht nie mit gespaltener Zunge. Noch nie ist eine Lüge über seine Lippen gekommen, aber ich wollte Kachinas Herz nicht in Sorge stürzen.
Aber es gab vor langer Zeit einmal einen weißen Westman, der Winnetou zweimal niederschlagen konnte.

Kachina
Old Shatterhand?

Junger Adler
Ja, Old Shatterhand. Zu der Zeit waren die beiden Männer noch keine Freunde oder gar Blutsbrüder.

Kachina
Ich kenne die Geschichte.

Junger Adler
Aber was ist die Schlange der Sioux gegen einen Old Shatterhand?
Nichts!
Deshalb möge sich Kachina nicht unnötig sorgen.
Winnetou wird bald wieder in unserem Lager erscheinen.

Kachina
Ich danke dir.

Junger Adler

Nun werde ich meine Schwester verlassen. Wenn Winnetou nicht im Lager weilt, trete ich an seine Stelle.

Kachina
Dann danke ich dem Jungen Adler, dass er sich Zeit für mich genommen hat.

Der Junge Adler verlässt das Zelt.
Kachina erhebt sich ebenfalls.
Sie läuft im Zelt auf und ab und man sieht ihr an, dass der Junge Adler sie nicht wirklich beruhigen konnte.
Sie setzt sich wieder.
Die Kamera zeigt ein Messer, das die Rückwand des Zeltes aufschneidet.
Leise schiebt sich ein Mann ins Zelt, der ganz in schwarz gekleidet ist.
Er fasst Kachina von hinten, schlägt ihr einen Colt über den Kopf
Er zieht den leblosen Körper durch das Loch im Zelt.

Die Kamera zeigt (frontal) die Sonne.
Szenenüberblendung.
Die Kamera zeigt in einer Panorama- Aufnahme, ein weites Feld. Zwei dunkle Punkte sind zu erkennen.
*Die Kamera „zoomt“ bei entsprechender Musik, **sehr schnell,** auf den größeren Punkt.*
Maverick ist zu erkennen.

Man merkt ihm an, dass das Lederband ihm langsam die
Luft zum Atmen nimmt.

Anmerkung
Hier kann hervorragend mit Szenenüberblendungen
„gespielt" werden.

Mavericks Hund, der vergeblich versucht hat, die Fesseln zu
durchbeißen, läuft aufgeregt hin und her.
Maverick ist nach einiger Zeit nicht mehr in der Lage, den
Kopf zu drehen.
Schweißperlen bedecken sein Gesicht.
Seine weit aufgerissenen Augen zeigen Todesangst.

Die Kamera zeigt sein Gesicht in Großaufnahme.
Plötzlich tropft Wasser auf sein Gesicht und seinen Hals.
Old Firehand schüttet Wasser auf Maverick.

Old Firehand
Bleibt ruhig liegen, Mister, bis sich der Lederriemen durch
die Feuchtigkeit wieder lösen lässt.
Es dauert noch eine kleine Weile, dann schneidet Firehand
vorsichtig den Lederriemen durch.
Maverick hustet stark, aber nach kurzer Zeit ist er wieder in
der Lage, wenn auch heiser, zu sprechen.

Maverick
Ich danke Euch, wer immer Ihr auch seid.

Old Firehand
Nun, man nennt mich Old Firehand.

Maverick
Old Firehand?
Welch eine glückliche Fügung, dass Ihr mich gefunden
habt.

Old Firehand
Wenn Ihr es so nennen wollt, so habe ich nichts dagegen.

Maverick
*Blickt sich um und bemerkt, dass Old Firehand nicht alleine
ist.*
*Er sieht die Krieger der Apatschen, Winnetou und die
Gruppe, die Winnetou zu dem Zweikampf begleitet hat.*
Ich danke Euch, Gentlemen.

Old Shatterhand
Und wer seid Ihr?

Maverick
Mein Name ich Maverick.
Kirk Maverick.

Old Shatterhand
Gut, Mister Maverick.
Glaubt Ihr aufstehen und reiten zu können?

Maverick
Ich denke schon.

Old Shatterhand
Wir haben einige ledige Pferde, Mister Maverick. Sucht
Euch eines aus und dann folgt uns in das Lager der
Apatschen.

Maverick
In das Lager der Apatschen, dann seid Ihr...
Er wendet sich an Winnetou:
...wohl Winnetou.

Winnetou
Der weiße Mann sagt es.

Maverick
Habt Dank für Eure Hilfe, aber ich kann Euch leider nicht
begleiten. Aber ich wäre auch sehr dankbar, wenn Ihr mir
eines der Pferde überlassen könntet, damit ich Shylock und
seine Bande wieder verfolgen kann.

Old Shatterhand
Shylock hat Euch also in diese missliche Lage gebracht?

Maverick
Ja!

Winnetou
Möchte der weiße Mann einen Rat von mir annehmen?

Maverick
Wenn nicht von Winnetou, von wem sonst?

Winnetou
Folgt uns in mein Lager. Shylock wird seine gerechte Strafe erhalten, das verspricht Euch Winnetou.

Maverick
Seid Ihr sicher?

Winnetou
Winnetou hat noch niemals sein Wort gebrochen!

Maverick
Verzeiht mir, ich wollte nicht an Euch zweifeln.

Winnetou
So folgt uns.

Maverick
Habt Dank, Winnetou.

*Maverick sucht sich ein Pferd aus, steigt auf und die
Gruppe reitet weiter.*

*Winnetou und seine Begleiter erreichen das Lager der
Apatschen.
Junger Adler reitet ihm aufgeregt entgegen und zügelt sein
Pferd kurz vor Winnetou.*

Winnetou
Es freut den Häuptling der Apatschen, dass der Junge Adler
ihn als erster Krieger begrüßt.

Junger Adler senkt seinen Blick.

Winnetou
Liegt ein Schatten auf der Seele meines Bruders?

*Junger Adler blickt kurz auf, um dann seinen Blick wieder
zu senken.*

Winnetou
Warum blickt der Junge Adler mir nicht in die Augen?

Junger Adler
Der Junge Adler ist voller Scham.

Er reißt sich seinen Medizinbeutel vom Hals, reitet an die
Seite Winnetous und übergibt ihn ihm.
Winnetou mag meine Medizin in das nächste Feuer werfen.
Ich werde als Ausgestoßener ziellos durch die Steppe reiten,
bis der Tod die Schande von mir nimmt.

Winnetou
Winnetou wünscht, dass der Junge Adler ihm erzählt, was
ihn zu einem solchen Entschluss gebracht hat.

Junger Adler
Kachina wurde geraubt.

Man sieht ganz kurz, wie Winnetou die Fassung zu verlieren
scheint, aber nach diesem, wirklich kurzen, Moment seinen
Stolz wieder findet.

Winnetou
Wie konnte das geschehen?

Junger Adler
Kachina war in großer Sorge um Winnetou und auch der
Junge Adler konnte nicht die Schatten vertreiben, die auf
ihrer Seele lagen.
Ich ließ Kachina allein in Winnetous Zelt, um ihr Ruhe zu
gönnen.
Als der Junge Adler sie wieder aufsuchen wollte, war das
Zelt leer.

<u>Winnetou</u>
Was hat der Junge Adler unternommen?

<u>Junger Adler</u>
Wir teilten uns in verschiedene Gruppen auf, um nach
Spuren zu suchen.

<u>Winnetou</u>
Und?

<u>Junger Adler</u>
Es sind noch keine Krieger zurückgekehrt.
Daher sind nur noch wenige Apatschen im Lager.
Der Junge Adler verblieb hier, um sich Winnetou zu stellen
und seine Schande einzugestehen.

<u>Winnetou</u>
Wer führt die Gruppen?

<u>Junger Adler</u>
Goyathlay, Chato und Giannatah sind die Anführer.
Auch der Sohn Old Firehands machte sich auf die Suche, als
er von der Jagd kam und erfuhr was geschehen war.

<u>Winnetou</u>

Der Junge Adler mag seine Medizin wieder an sich nehmen. Winnetou empfindet keinen Groll gegen ihn und der Junge Adler hat auch keinen Grund zur Scham.

<u>Junger Adler</u>
Nimmt die Medizin wieder an sich, hängt sie sich um und man erkennt seine Erleichterung.
So werde ich mich auch auf die Suche nach der weißen Schwester machen.
Er will sein Pferd herumreißen.

<u>Winnetou</u>
Nein, der Junge Adler wird zusammen mit Winnetou und seinen Begleitern vorerst im Lager bleiben.

<u>Junger Adler</u>
Will Winnetou nicht nach Kachina suchen?

<u>Winnetou</u>
Nein, es sind genügend Krieger auf der Spur. Wir werden warten bis diese zurückkehren.

Die Gruppe reitet vollends ins Lager.

Szenenwechsel

Im Lager der Banditen.
Shylock winkt seinen Kumpanen Lex zu sich
und entfernt sich mir ihm von seiner Gruppe.
Shylock schaut sich um, um sicherzugehen dass der Rest
seiner Bande der folgenden Unterredung nicht folgen kann.

Shylock
Ich habe einen Auftrag für dich.

Lex
Und der wäre?

Shylock
Etwa zwei Meilen südlich, befindet sich eine verlassene
Poststation.
Du wirst dich sofort auf den Weg dorthin machen. Wenn
alles nach Plan gelaufen ist, dann wirst du auf einen Mann
treffen, der dir etwas übergeben wird.

Lex
Und was?

Shylock
Das wirst du an Ort und Stelle erfahren.

Lex
Warum so geheimnisvoll?

Shylock
Weil ich es so will!!

Lex
Nun regt Euch nicht auf, natürlich werde ich den Auftrag
ausführen oder war ich jemals unzuverlässig?

Shylock
Wärst du das, dann hätte ich dich nicht zu meinem
Stellvertreter gemacht.

Lex
Eben. Und deshalb könnt Ihr Euch auch fest auf mich
verlassen.

Shylock
Gut. Und wie gesagt, was du mit dem, was dir übergeben
wird, machen sollst, erfährst du an der alten Poststation.
Und nun los.

*Lex geht zu seinem Pferd und reitet davon, während sich
Shylock wieder zu seinen Leuten gesellt, als plötzlich
Mankato mit seinen Kriegern erscheint.*
*Die Narbe im Gesicht des Häuptlings ist noch frisch und
blutunterlaufen.*

Mankato steigt ab und geht auf Shylock zu.

Shylock
Du hast dich sehr verändert Mankato. War das etwa das
Werk Winnetous?

Mankato
Nur Winnetou konnte Mankato besiegen.

Shylock
Dann nehme ich an, der Apatsche lebt noch.

Mankato
So ist es. Der räudige Hund wandelt noch immer unter der
Sonne.

Shylock
Ich bin ein weitsichtiger Mann, Mankato.
Für den Fall, dass du den Kampf gegen Winnetou nicht
gewinnen würdest, habe ich mich natürlich abgesichert und
noch eine andere Vorkehrung getroffen.

Mankato
Du hast also an mir gezweifelt?

Shylock
Nein, aber ich habe mich abgesichert. Man weiß doch, dass
der Apatsche wie eine Katze sieben Leben hat.

Mankato
Das Bleichgesicht spricht die Wahrheit.

Shylock
Trotzdem dürfen wir unser Ziel nicht aus den Augen
verlieren.
Die Vertreibung der Apatschen vom Nugget-tsil.

Mankato
Wir werden dir weiter behilflich sein.
Aber wir verlangen mehr als vereinbart war.

Shylock
Was meint Mankato?

Mankato
Du hast mir das Leben Winnetous versprochen, aber ich
konnte es ihm nicht nehmen. Aber die Sioux wollen den
Apatschen am Pfahl heulen hören.

Shylock
Wenn das alles ist, so werde ich mein Möglichstes tun, um
Winnetou an dich ausliefern zu können.

Mankato
Lebend?

<u>Shylock</u>
Wenn du es wünschst.

<u>Mankato</u>
Mankato wünscht es.

<u>Shylock</u>
Ok, dann werden wir es versuchen,
gemeinsam versuchen, Mankato!

<u>Mankato</u>
Was meint der weiße Mann?

<u>Shylock</u>
Halte uns die Soldaten vom Leib und Winnetou wird bald in
deiner Hand sein.

<u>Mankato</u>
Sollen die Sioux das Fort angreifen?

<u>Shylock</u>
Warum nicht, es sind nicht viele Soldaten dort stationiert.

<u>Mankato</u>
Aber die Blauröcke sind gut bewaffnet.

Shylock
Hat dir die Niederlage gegen Winnetou den Mut
genommen?

Mankato
Hüte deine Zunge, sonst schneide ich sie dir heraus.

Shylock
Droh mir nicht, Mankato!
Beschäftige die Soldaten und wir werden unser Vorhaben
durchsetzen können.

Mankato
Gut, aber hüte dich Mankato, noch einmal zu beleidigen!

Shylock
Es ist vielleicht nicht nötig, das Fort direkt anzugreifen. Es
reicht, wenn die Soldaten sehen, dass du und deine Krieger
in der Nähe sind.

Mankato
Wann sollen die Sioux zum Fort reiten?

Shylock
Morgen bei Sonnenaufgang sollten die Soldaten Euch
sehen.

Mankato
Wir werden dort sein.

Mankato steigt auf sein Pferd und reitet, gefolgt von seinen Kriegern, aus dem Lager.
Shylock blickt ihm nach und sagt zu sich:
Was sind die Indsman doch für ein dummes Volk.

Szenenwechsel

Lager der Apatschen.
Winnetou spricht zu seinen Freunden.

Winnetou
Alle Krieger der Apatschen sind ins Lager zurückgekehrt.
Sie fanden keine Spuren.
Winnetou ist daher in großer...

Harry reitet ins Lager, springt vom Pferd und geht auf Winnetou zu.

Harry
Leider konnte ich keinerlei Spuren finden, es tut mir leid.

Winnetou
Meinem jungen Bruder gebührt der Dank Winnetous, auch wenn er, wie meine Krieger, ohne Erfolg war.
Winnetou erhebt seine Stimme, um von allen im Lager verstanden zu werden.

Die Krieger der Apatschen mögen sich bereit zum Aufbruch machen.

Old Firehand
Welche Absichten hat Winnetou?

Winnetou
Wir werden in das Fort der Blauröcke reiten, um zu berichten, was geschehen ist.
Dann werden wir den Banditen Shylock jagen.

Old Shatterhand
Glaubt mein Bruder, dass er hinter dieser Tat steckt?

Winnetou
Hat sich der Häuptling der Apatschen jemals geirrt?

Old Firehand
Gut, Männer, lasst uns aufbrechen.
Aber einige Krieger sollten im Lager bleiben.

Winnetou
Gut. Der Junge Adler mag mit zweimal zehn Kriegern im Lager bleiben.

Junger Adler
Warum erlaubt Winnetou dem Jungen Adler nicht, die Männer zu bestrafen, die

Kachina entführt haben?

Winnetou
Wenn der Junge Adler einmal Häuptling der Apatschen ist,
mag er seine eigenen Entscheidungen treffen, aber nun muss
er sich fügen.
Winnetou weiß was er tut.

Old Firehand
Und du mein Sohn wirst an der Seite des Jungen Adlers
ebenfalls im Lager bleiben.

Harry
Wenn du es wünschst.

Old Firehand
So ist es.

Die Krieger, Winnetou, Old Shatterhand, Old Firehand,
Droll und Frank besteigen ihre Pferde.

Droll
Das ist wieder ein Abenteuer nach meinem Geschmack,
wenn's nötig ist.

Frank
Da stimme ich dir zu.

Droll
Wir werden an Winnetous Seite für Frieden und
Gerechtigkeit kämpfen, so wie wir es immer getan haben.

Frank
Ja, Tante Droll, so haben wir es immer gehalten.
Und für Winnetou gehen wir durchs Feuer.

Droll
Wenn's nötig ist, lieber Vetter, nur wenn's nötig ist.

Frank
Wenn ich mir Winnetou so ansehe, fällt mir das Zitat von
Schiller ein.

Droll
Welches?

Frank
Edel sei der Mensch, hilfreich und gut.

Droll
Das hat Schiller nie gesagt.

Franz
Du willst wohl wieder streiten.

Droll
Nein.

Frank
Dann schweig stille.

Droll
Gut, ich will dich in deinem Glauben lassen.

Frank
Daran tust du recht, denn merke dir, einem
Heliogabalus Morpheus Edward Franke, macht so schnell
niemand etwas vor.

Droll
Flüstert mehr zu sich selbst.
Es war Goethe

Frank
Sagtest du etwas?

Droll
Ich habe nur laut gedacht.

Frank
So denke bitte so laut, dass ich es auch verstehe.
Vielleicht kann ich dich an meiner Bildung teilhaben lassen.

Droll
Ich sagte nur, es war Goethe!

Frank
Was war Goethe.

Droll
Goethe sagte: „Edel sei der Mensch, hilfreich und gut."

Frank
Warst du dabei??

Droll
Natürlich nicht.

Frank
So kannst du eine solche Behauptung auch nicht aufstellen.

Droll
Aber es ist allgemein bekannt, dass Goethe...

Frank
Fällt ihm ins Wort
Nichts ist allgemein bekannt, sage ich dir.

Droll
Ich möchte mich nicht mit dir streiten, liebes Vetterherz.

Frank
Das möchte ich auch nicht, also beenden wir unsere kleine Meinungsverschiedenheit, denn wie sagte einst Goethe? Lieber ein Ende mit Schrecken, als ein Schrecken ohne Ende!

Droll
Nun, das sagte nicht Goethe, sondern Schiller.

Frank
Musst du immer alles besser wissen du alter...
Es folgen einige sächsische Schimpfwörter, aber man merkt es Frank an, dass diese nicht sehr böse gemeint sind.

Winnetou
Sehr laut:
Die Krieger der Apatschen mögen mir folgen.
Sie verlassen das Lager.

Szenenwechsel
Lager der Banditen.
Lex reitet in das Lager. Er hat Kachina an sein Pferd gebunden.
Sie hat Mühe, der schnellen Gangart zu folgen.
Lex reitet auf Shylock zu, steigt vom Pferd und zieht Kachina an dem Lasso zu Shylock hin.

Lex
Ich habe Euch etwas mitgebracht.
Er stößt Kachina vollends zu Shylock.

Shylock
Das ist aber eine freudige Überraschung.
Zu seinen Leuten:
Wollt ihr wohl die Hüte abnehmen, ihr Halunken?

*Die Leute schauen sich fragend an, gehorchen dann aber
zögernd.*

Shylock
Viele von euch werden die Dame nicht kennen.
Darf ich vorstellen.
Kachina, die neue Prinzessin der Apatschen.
Er verbeugt sich tief vor Kachina.
*Als er sich wieder aufrichtet, haben seine Züge an
geheuchelter Freundlichkeit verloren und er zeigt sein
brutales Gesicht.*
Was sucht eine weiße Frau bei den Apatschen?
Was hat der räudige Hund von Winnetou, was ein weißer
Mann Euch nicht bieten könnte?

Kachina schweigt und schaut in eine andere Richtung.

Shylock
Ihr seid wohl zu stolz, um zu antworten?

Bei diesen Worten fasst er Kachina ans Kinn und dreht
ihren Kopf zu sich.
Beide Gesichter berühren sich fast.

<u>Shylock</u>
Wie lebt und liebt es sich denn in dem stinkigen Wigwam
Winnetous?
Ist er mit Euch zufrieden?

Kachina spukt Shylock an.
Sofort springen zwei Banditen hinzu und zerren sie zurück.

Shylock geht wieder auf sie zu. Schaut sie einen Moment
lang an. Dann gibt er ihr plötzlich eine schallende Ohrfeige.

<u>Shylock</u>
Nimm dir nicht zu viel heraus, du dreckige Squaw, sonst
lernst du mich von meiner besten Seite kennen.

<u>Kachina</u>
Blutet aus dem Mundwinkel.
Ich würde Euch ebenfalls raten, vorsichtig zu sein.
Sie zerrt an den festen Griffen der Banditen.

Auch wenn ich bei den Apatschen lebe, so bin ich immer
noch eine Bürgerin der Vereinigten Staaten.

Shylock
Schlägt sich vor die Stirn.
Hat man sowas schon mal gehört?
Ein Indianerflittchen und Bürgerin der Vereinigten Staaten?
Wen wollt Ihr denn um Hilfe bitten?

Kachina
Winnetou wird Euch zur Rechenschaft ziehen, darauf könnt
Ihr Euch verlassen.

Shylock
Winnetou wird auf den Knien um dein Leben betteln.

Kachina
Er würde sich nie so erniedrigen.

Shylock
Warten wir es ab.
Zu Lex:
Und nun schaff mir dieses Weibsstück aus den Augen.
Bringt sie in die Höhle und bindet sie fest.

*Lex und die zwei Banditen zerren Kachina den Berg hinauf,
während sie versucht, sich zu befreien.*

Szenenwechsel

Fort – Vorderansicht.

Taylor steht vor dem Tor, das etwas geöffnet ist.
Taylor blickt in die Ferne.

Schnitt

Die Kamera zeigt die Landschaft vor dem Fort.
Man sieht vereinzelt Indianer, die anscheinend das Fort
beobachten

Schnitt

Taylor dreht sich um und sagt zu einem Soldaten.

<u>Taylor</u>
Rufen Sie den General.
Der Soldat salutiert und geht ins Fort.

<u>Taylor</u>
Mehr zu sich selbst.
Die roten Halunken haben doch was vor.

Schnitt

Die Kamera zeigt wieder die Indianer.

Schnitt

Der General kommt aus dem Fort und stellt sich zu Taylor

<u>General</u>
Was gibt es Taylor?

<u>Taylor</u>
Indianer!

General
Es treiben sich immer wieder Indianer hier herum, das solltet Ihr wissen.

Taylor
Diesmal ist es anders.

General
Wieso?

Taylor
Es sind nicht die „abgerissenen" Figuren, die sich sonst hier herumtreiben.

General
Sondern?

Taylor
Ich denke es sind Sioux.

General
Das wäre überaus bedenklich. Besonders aus dem Grunde, da das Fort nur mit wenigen Soldaten besetzt ist. Wie oft habe ich den hohen Herren schon gesagt, dass wir hier mehr Leute brauchen.
Aber ich stoße immer wieder auf taube Ohren.

Lasst die Wachen auf den Türmen verdoppeln und bringt auch die Kanonen in Stellung, damit die Indsman sehen, dass wir auf alles vorbereitet sind.

Taylor
Das habe ich schon veranlasst.

Die Kamera zeigt, wie zwei Kanonen vor dem Tor in Stellung gebracht werden.

General
Mehr können wir im Augenblick nicht tun.

Taylor
Ja, Sir.

Der General wendet sich ab und geht auf das Tor zu. Plötzlich schwirrt ein Pfeil durch die Luft und trifft den General in den Rücken.
Der General bricht zusammen, wird von Taylor geistesgegenwärtig aufgefangen und zusammen mit einem anderen Soldaten bringt er den General ins Fort.

Taylor
Alle Mann auf eure Posten.

Es ertönt der Kriegsschrei der Sioux.
Schüsse fallen. Pfeile werden auf das Fort abgeschossen.

Eine Kanone wird abgefeuert.
Die Kamera zeigt den Einschlag und zwei Indianer fallen
vom Pferd.
Ein Soldat, der auf einem der Wachtürme steht, wird
getroffen und stürzt vom Turm.
Im Laufe des Kampfes wird immer deutlicher, dass die
Soldaten dem Ansturm der Indianer nicht gewachsen sein
werden.

Plötzlich kommt der Angriff der Sioux ins Stocken.
Winnetou und seine Freunde sowie die Krieger der
Apatschen greifen in den Kampf ein.

Bemerkung
Hier könnte man schön einige Zweikämpfe von Old
Shatterhand und Old Firehand und natürlich auch Droll
und Frank zeigen.
Die Länge des Kampfes bestimmt die Laufzeit des Films.

Im Laufe des Kampfes trifft Winnetou auf
Mankato.

Winnetou
Nun hast du dein Leben verwirkt, Hund eines Sioux!

Es entbrennt ein harter Kampf.
Winnetou kommt in Bedrängnis.
Befreit sich aus einer fast aussichtlosen Situation.

Mankato versucht mit seinem Kriegsbeil Winnetou zu erschlagen.
Winnetou entreißt im die Waffe und tötet Mankato.

Winnetou blickt auf den am Boden liegenden Feind und bemerkt, dass es keine Kampfgeräusche mehr gibt.
Die Kamera zeigt die Sioux, die überlebt haben, beim Flüchten.

Old Shatterhand tritt neben Winnetou

<u>Winnetou</u>
Mein Bruder möge mir verzeihen, aber eine Schonung war Winnetou nicht noch einmal möglich.

Bei diesen Worten wirft Winnetou das noch blutige Beil, das er noch in der Hand hatte, in den Sand.

Taylor kommt auf Winnetou und Shatterhand zu, um die sich nun auch die anderen Westmänner gesellt haben.

<u>Taylor</u>
Das war Rettung in letzter Minute.
Wie können wir Euch nur danken?

<u>Winnetou</u>
Winnetou bedarf deines Dankes nicht, er möchte den General sprechen.

Taylor
Wie mir soeben berichtet wurde, ist der General seinen
Verletzung erlegen.

Winnetou
Und wer ist nun der Anführer der Blauröcke?

Taylor
Bis auf weiteres - ich.

Winnetou
Dann spricht Winnetou nun zu dir.
Bisher war der Häuptling der Apatschen nachsichtig.
Er hat Mankato in einem Zweikampf geschont.
Er hat sich stets bemüht, den Frieden zwischen uns zu
erhalten.
Aber nun ist die Geduld Winnetous erschöpft.

Taylor
Wie darf ich das verstehen?

Winnetou
Es ist etwas geschehen, das den Häuptling der Apatschen
zwingt, einen Menschen zu jagen.

Taylor
Wen?

Winnetou
Shylock.

Taylor
Was ist geschehen?

Winnetou wendet sich ab.
An seiner Stelle antwortet Old Firehand.

Old Firehand
Ich glaube nicht, dass Ihr Winnetou verstehen würdet.

Taylor
Das muss ich auch nicht, aber wenn er oder einer seiner
Begleiter gegen das Gesetzt verstößt, werde ich
einschreiten.

Old Firehand
So wie wir eben eingeschritten sind?

Taylor
Hört, Mister.
Ich bin Euch wirklich dankbar, aber wir können nicht
dulden...

Old Firehand

Old Firehand unterbricht Taylor:
Was könnt Ihr nicht dulden?
Dass es Indianer sind, die ihr Recht verlangen und wenn es
ihnen nicht gewährt wird, es sich selbst holen?

<u>Taylor</u>
Wenn jeder Mensch Selbstjustiz üben würde, wo kämen wir
dann hin?

<u>Old Firehand</u>
Hört mir genau zu, Mr. Taylor.
Winnetou hat immer wieder den Weg des Friedens gesucht.
Aber Shylock und seine Bande haben fast den Berg, den
man Nugget-tsil nennt, erreicht. Wir werden ihn dort stellen
und zur Verantwortung ziehen.
Ihn und seine ganze Bande.
Wir kamen hier zum Fort, um Euch darüber in Kenntnis zu
setzen und konnten Euch bei der Gelegenheit retten oder
seht Ihr das anders?

<u>Taylor</u>
Nein.

<u>Old Firehand</u>
Gut, dann lasst uns tun, was wir tun müssen!

<u>Taylor</u>

Ihr habt Glück, dass ich zurzeit nicht über genügend
Soldaten verfüge,
sonst würde ich...

Old Firehand
Unterbricht Taylor:
Was würdet Ihr?
Uns für Eure Rettung danken?

Taylor
Etwas verunsichert:
Ihr habt Recht. Ohne Eure Hilfe würden wir vielleicht alle
nicht mehr leben.
Ich mache Euch einen Vorschlag.

Old Firehand
Welchen?

Taylor
Ich muss natürlich über die Vorkommnisse berichten.

Old Firehand
Das wird wohl Eure Pflicht sein.

Taylor
Ich freue mich, dass Ihr dies einseht.

Old Firehand
Natürlich.

Taylor
Ich werde einen Boten zum nächsten Fort schicken, kann
diesen aber auch einige Stunden verzögern.
Was in der Zwischenzeit geschieht, geht mich nichts an.

Old Firehand
Gut, gebt uns zwei Tage Zeit.

Taylor
Gut. Ich werde das Fort wieder in Ordnung bringen.
In zwei Tagen geht dann der Kurier zum nächsten Fort.
Mehr kann ich nicht für Euch tun.

Old Firehand
Ich bedanke mich, und ich hoffe, mich auf Ihr Wort
verlassen zu können.

Taylor
Das könnt Ihr.

Old Firehand
Gut, ich wünsche Euch alles Gute.

Szenenwechsel

Die Kamera macht einen Panorama-Schwenk über den Nugget-tsil.
Am Fuß des Berges lagern Banditen auf freiem Feld.
Die Kamera zeigt nun Winnetou, Old Firehand und Old Shatterhand, Droll und Frank, die das Lager beobachten.

Old Firehand
Die Banditen scheinen sich sehr sicher zu fühlen.

Old Shatterhand
Es hat den Anschein.
Zu Winnetou:
Wie sollen wir vorgehen?

Winnetou
Winnetou ist kein Schlächter, deshalb werde ich in das Lager reiten und die Bande auffordern, Kachina die Freiheit zu geben.

Old Firehand
Wir werden den Häuptling der Apatschen begleiten, oder Mr. Shatterhand?

Old Shatterhand
Natürlich.

Winnetou
Winnetou dankt dem großen Manitu, dass es ihm vergönnt ist, solche Gefährten zu haben.

Old Firehand
Zu Droll:
Wir werden in das Lager der Banditen reiten. Habt ein Auge auf uns, damit wir in keinen Hinterhalt geraten.

Droll
Wir werden jeden Eurer Schritte bewachen, nicht wahr Vetterherz?

Frank
Selbstredend, wir wachen über Euch wie einst...

Droll
Lass es gut sein Vetter.

Frank
Gut, ich schweige.

Droll
Also, die Gentlemen können sich auf den Weg machen.

Winnetou, Old Shatterhand und Old Firehand reiten in Richtung des Lagers.

Als sie dort bemerkt werden, herrscht Aufregung, die
Shylock aber mit den Worten beendet:

Shylock
Bleibt ganz ruhig, Männer.

Winnetou und seine Gefährten erreichen Shylock.
Winnetou hat seine Silberbüchse in der Hand, Old
Shatterhand den Henrystutzen und Old Firehand sein
Gewehr.
Sie steigen von den Pferden.
Winnetou geht furchtlos auf Shylock zu.

Winnetou
Was suchen die Bleichgesichter am Fuß des heiligen Berges
im Land der Apatschen?

Shylock
Gold.

Winnetou
Ihr werdet hier keines finden.

Shylock
Das sehe ich anders, großer Häuptling. Es gibt hier Gold.
Man kann es förmlich riechen.

Winnetou
Winnetou wird Euch nicht erlauben, danach zu suchen.

Shylock
Das werden wir auch nicht, denn Winnetou selbst wird uns zeigen, wo das Gold der Apatschen zu finden ist.

Winnetou
Warum sollte Winnetou das tun?

Shylock
Weil wir Kachina in unsere Gewalt gebracht haben, und sicher möchte Winnetou diesen Schatz gegen Gold eintauschen.

Winnetou
Nicht überrascht:
Wo ist Kachina?

Shylock
In sicheren Händen.
Er pfeift:
Hinter einem Felsen tritt Kachina, von Lex bewacht, hervor.
Du siehst Rothaut, es geht ihr noch gut.

Shylock winkt Lex zu, der Kachina wieder hinter den Felsen zerrt.

Winnetou
Wir könnten Euch alle auslöschen.

Shylock
Hör mir genau zu.
Fällt auch nur ein einziger Schuss, fällt auch nur ein einziger meiner Männer, so hat Kachina ihr Leben verwirkt.

Winnetou
Warte.

Er wendet sich ab und bespricht sich mit Old Shatterhand im Hintergrund.
Old Firehand geht zu Shylock.

Old Firehand
Das war wirklich ein Meisterstück, Shylock.
Kachina aus dem Lager der Apatschen zu entführen, macht auch so leicht keiner nach.

Shylock
Es war ein Kinderspiel, Mister Firehand.
Man muss nur die richtigen Leute am richtigen Ort einsetzen.

Old Firehand
Aha, Ihr hattet also einen Helfer, dem die Entführung
möglich war?
Aber ich denke nicht, dass es ein Apatsche war.

Shylock
Nein, es war kein Krieger der Apatschen. Die sind alle auf
ihren Häuptling eingeschworen.

Old Firehand
Wenn es kein Apatsche war, wer denn sonst?

„ICH"

Die Stimme kam aus einer anderen Richtung.
Old Firehand dreht sich ruckartig um und auch Winnetou
und Old Shatterhand werden aufmerksam.
Old Firehand sieht sich seinem Sohn gegenüber stehend.

Old Firehand
Ungläubig:
Du?

Harry
Ja, ich!

Old Firehand
Ringt nach Fassung:
Aber warum?

Harry
Das würdest du nie verstehen.

Old Firehand
Dann erkläre es mir!

Harry
Deine Silbermine am Silbersee hat viele Westmänner reich
gemacht.
Auch dich!
Und was hast du mir bisher zu bieten gehabt?
Ein Leben in der Wildnis.
Aber ich möchte wohlhabend sein und auch ein solches
Leben führen.

Old Firehand
Ich habe dir immer wieder gesagt, dass man sich Wohlstand
erarbeiten muss.
Wohlstand besteht nicht aus blanken Dollars!
Liebe, Freundschaft und Aufrichtigkeit sind Güter, die man
in seiner Seele beherbergt. Natürlich sind wir reich! Aber
der Erlös aus der Silbermine macht uns unabhängig. Wir
haben die Möglichkeit, Gutes zu tun ohne Sorgenfalten zu
bekommen, was unseren finanziellen Status betrifft.

Redlichkeit, mein Sohn, ist Tugend, die kein einziger Dollar
ersetzen kann.

Harry
Verschone mich mit einer deiner Predigten.
Ich stehe seit längerer Zeit mit Shylock in Verbindung.
Er macht es möglich, dass ich mit einem Schlag reich sein
werde, reicher als du es dir erträumen kannst.
Ich war vor einigen Tagen nicht auf der Jagd, sondern habe
Kachina entführt, sie dann an einem sicheren Ort versteckt.
Als der halbe Stamm der Apatschen aufgebrochen war, um
sie zu suchen, habe ich sie einem von Shylocks Männern
übergeben.

Old Firehand
Und wieso bist du nun im Lager der Banditen und nicht bei
den Apatschen?

Harry
Der Junge Adler stellte mir einige Fragen und trieb mich in
die Enge.
Leider musste ich mich recht unsanft aus dem Lager der
Apatschen verabschieden.

Winnetou
Hast du den Jungen Adler getötet?

Harry

Ich glaube nicht.

Ein Pfeil schwirrt durch die Luft, und trifft Harry in die Brust.
Er fällt, tödlich getroffen, in die Arme seines Vaters.

Der Junge Adler steht auf einem Felsen, den Bogen noch in der Hand.

<u>Junger Adler</u>
Ruft:
Der Junge Adler hat den Verräter bestraft.

<u>Old Firehand</u>
Ruft:
Bestraft?
Du hast ihn aus dem Hinterhalt getötet, aber dafür sollst du nun auch sterben.

Er legt sein Gewehr an, aber in dem Augenblick als der Schuss fällt, greift Shatterhand nach dem Gewehr und der Schuss geht vorbei.

<u>Old Shatterhand</u>
Tut nichts Unüberlegtes, Sir.

Winnetou gibt Droll und Frank ein Zeichen.
Es entbrennt ein Kampf.

Winnetou rennt mit seiner Silberbüchse zu der Stelle, an der
vor kurzer Zeit Kachina zu sehen war.
Er blickt sich noch einmal kurz um. Er erkennt, dass die
Banditen im Nachteil sind und rennt weiter.
Old Shatterhand und Old Firehand folgen Winnetou mit
einigen Kriegern.
Plötzlich erblickt Winnetou, Lex und Shylock, die fliehen.
Lex zieht Kachina hinter sich her.
Shylock dreht sich zu Winnetou um.

Shylock
Was nun, du dreckige Rothaut?

Winnetou
Die weißen Hunde mögen Kachina die Freiheit geben.

Shylock
Was bellst du mir die Ohren voll? Dein Weibsstück ist mir
hier
viel lieber. Entweder Ihr lasst uns gehen, oder sie …
(Er zieht Kachina zu sich heran.)
…wird sofort sterben.

Old Shatterhand und Old Firehand haben mit einigen
Kriegern Winnetou erreicht.
Old Shatterhand zu den Kriegern gewand:

Old Shatterhand
Nicht schießen!
Ruft Shylock zu:
Lasst Kachina gehen und wir
lassen Euch in die Berge fliehen.

Winnetous Gesicht zeigt große Besorgnis.
Die Banditen zerren Kachina weiter hinter sich her, den
Berg hinauf.
Ein Schuss fällt. Lex wird am Arm getroffen. Den Schuss
gab Old Firehand ab.

Old Firehand
Treibt es nicht zu weit! Ich warne Euch!

Panik ergreift Lex (mit schmerzverzerrtem Gesicht).

Lex
Lass dieses Weib
runter gehen, Boss. Sonst gehen wir drauf!!

Shylock
Zu Lex:
Ok, das reicht. Wir sind weit genug.
Dann laut zu den Helden:
Gut! Gut! Aber wehe Ihr folgt uns, dann ist sie des Todes!
Zu Kachina, drückt sie gewaltsam an sich:

War mir eine Ehre, Squaw.
Dann stößt er Kachina gewaltsam an einen Stein, während Lex mühsam seine Waffe auf sie richtet.

Shylock
laut
Keine Mätzchen da untern! Euer Weib bleibt hier. Wehe wenn Ihr uns verfolgt. Ich bin ein guter Schütze, auch über größere Entfernungen!

*Kachina wird aufrecht an den Felsen gedrückt.
Winnetous Gesicht wieder in Großaufnahme.
Deutlich erkennt man seine
Besorgnis, die langsam wütende Züge annehmen.*

Shylock und Lex gehen dann auf eine Anhöhe hinter dem Felsen und zerren Kachinas Arme hoch, indem sie das Seil an ihren gefesselten Händen hochziehen und an einem Vorsprung festmachen.

Shylock
Damit ist sie für uns schön im Schussfeld und die Dummköpfe wagen es nicht, hinter uns her zu jagen.
Er geht zurück zu Kachinas gefesselten Körper und streicht langsam mit dem Lauf seines Gewehres über ihren ängstlichen Körper.

Shylock

Schade um dich.

Dann hasten sie weiter den Berg hinauf.
Als sie sich hinter einem Felsen in Sicherheit wähnen, legt
Shylock das
Gewehr an.

Lex
Aber Boss! Was...

Shylock
Mehr zu sich selbst:
Das wird sie eine Weile aufhalten.

Winnetou spürt plötzlich die Gefahr durch eine innere
Eingebung.
Er rennt sofort los.
Shylocks Gewehr in Großaufnahme ein paar Sekunden.
Winnetou rennt weiter und schreit.
Das Rennen wird langsam zur **Zeitlupe**.
Die Schreie klingen weit, weit entfernt.

Winnetou
Nein! Kachinaaa!

Wieder das Gewehr. Zeitlupe, wie der Schuss sich löst, der
Rückschlag.
Winnetous Gesicht in Großaufnahme - Zeitlupe - wie er

schreit: "Neiiiin!"
Kurz – in Bruchteil von Sekunden erkennt man das Gesicht
von Old Shatterhand, der plötzlich auch die Gefahr erkennt.
Kachinas Gesicht. Ein Lächeln zu Winnetou, weil sie die
Gefahr nicht
erkennt. Zeitlupe - Ein Ruck geht durch ihren Körper.
Großaufnahme
Gesicht von Kachina, wie ihr Lächeln plötzlich erstirbt. Ihr
Körper
sackt in sich zusammen!
"Nein! Kachina! Nein!" Winnetou erreicht sie. Mit seinem
Messer
schneidet er das Seil durch. Kachina fällt in seine Arme.

Winnetou
Kachina mag ruhig bleiben.
Die Apatschen werden sie in das Fort der Blauröcke
bringen.
Dort wird sich der weiße Medizinmann um dich kümmern.

<u>Kachina</u>
Stockend:
Es ist zu spät Winnetou.
Aber ... ich ... danke dir ... für die ... schöne Zeit.

Das Bild „verschwimmt"
Die Kamera zeigt Kachina mit Winnetou im Kanu und
anderen Aktivitäten.

Das Bild verschwimmt wieder. Winnetou hält die sterbende
Kachina noch immer in den Armen.
Die Kamera zeigt in Großaufnahme das Gesicht Kachinas.
Die Stirn ist voller Schweiß.
Sie schlägt die Augen auf und blickt Winnetou an.
Sie versucht zu sprechen aber die Worte kommen nur
stockend über ihre Lippen.

Kachina
Winnetou ... Kachina wird ... dich ... nun ver ... verlassen
müssen.
Der große Geist ... hat es wohl so ... ent ...   entschieden.
Lebe wohl Winnetou.

Die Kamera zeigt in Großaufnahme Winnetous Gesicht.
Man sieht ihm an, dass er sehr erschüttert ist.

Kachina
Lebe wohl .... mein ... mein WINNETOU
Kachina stirbt.

Winnetou legt den leblosen Körper Kachinas ins Gras.
Winnetou wird durch lauter werdende Geräusche aus
diesen Erinnerungen
herausgerissen. Er schaut auf die leblose Kachina. Schaut
nach vorn, wo
er gerade noch Shylocks Grinsen erkennt und dann das

lauthalse Lachen von
den Bergwänden widerhallt.
Er stürzt hinter ihm her, während die Helden und Krieger
gerade die
Todesstelle erreichen.
Lex erscheint auf einen Plateu. Er zielt auf Winnetou. Doch
ein Schuss
trifft ihn und er fällt jäh in die Tiefe. Old Shatterhand steht
mit seinem Bärentöter
auf einen Felsen und gab diesen Schuss ab.
Winnetou rennt unbeirrt weiter.
Eine Jagd beginnt, untermalt von toller, eindrucksvoller
Musik - voll
Dynamik.
Old Shatterhand steht vor Kachina, wo sich die Helden tief
berührt um ihren leblosen Körper versammelt haben.
Old Firehand blickt zu Old Shatterhand auf und schüttelt
langsam den Kopf. Ein
tief gerührtes Gesicht von Old Shatterhand. Dann rennt er
seinem Bruder hinterher, mit ihm viele Krieger.
Wilde Jagd.
Winnetou erreicht Shylock, der noch versucht, einen Felsen
hinaufzuklettern.
Winnetou zerrt ihn runter. Ein wilder, unerbittlicher Kampf
entbrennt.
Plötzlich zieht Shylock ein Messer.

Shylock
Schade um die weiße Indianerfreundin, aber nun wirst Du
ihr folgen und ihr seid wieder vereint, du stinkende Rothaut.

*Shylock stößt mit dem Messer zu. Winnetou weicht immer
wieder geschickt aus. Bei einem erneuten Versuch Shylocks,
das Messer in Winnetous Körper zu stoßen, Ergreift
Winnetou den Arm. Geschickt entreißt er ihm das Messer
und schlägt ihn zu Boden. Die Musik wird dramatischer.
Shylock versucht immer wieder aufzustehen, doch Winnetou
ist außer sich und schlägt ihn wieder und wieder zu Boden.
Winnetou erreicht sein Messer, welches er im Kampf
verloren hatte. Bereit zu zustoßen. Panik ergreift Shylock.
Dramatische Musik.
Großaufnahme des entsetzten Gesichts von Shylock.*

*Dann hört er die Worte weit entfernt: "Nicht, mein
Bruder!" Immer lauter werdend: "Mein Bruder!" Es ist Old
Shatterhand.
Vor Winnetous „geistigem Auge" erscheint das Bild
Kachinas.
Sie spricht den Text:*

Kachina
Großaufnahme:
Wann wird dieses Töten ein Ende haben?

*Winnetou lässt das Messer sinken und stößt Shylock zur
Seite, wo er sofort von ein paar Kriegern überwältigt wird.*

<u>Winnetou</u>
Winnetou hätte sich fast von der bösen Macht der
Bleichgesichter beeinflussen lassen. Doch wird dies niemals
geschehen. Niemals!
Winnetou geht einen Hügel hinauf.
Old Shatterhand folgt ihm langsam und legt die Hand auf
seine Schulter.

*Old Shatterhand erreicht Winnetou. Vorsichtig legt er seine
Hand auf die Schulter Winnetous.*

<u>Winnetou</u>
Wir reiten ins Lager der Apatschen.
Mein Bruder Charlie mag Shylock unter seine Obhut
nehmen.

Szenenüberblendung

*Die Kamera zeigt, wie Winnetou mit seinen Leuten ins
Lager der Apatschen reitet. Shylock wurde an das Pferd Old
Shatterhand gebunden.*

Winnetou und seine Begleiter steigen ab.

Old Shatterhand bindet Shylock los und fesselt ihn an den
Marterpfahl der in der Mitte des Lagers steht.

<u>Shylock</u>
Was habt Ihr mit mir vor?

<u>Old Shatterhand</u>
Was glaubt Ihr wohl?

<u>Shylock</u>
Ihr werdet mich töten.

<u>Old Shatterhand</u>
Habt ihr den Tod nicht verdient?

Shylock schweigt

Winnetou sehr laut, um von allen verstanden zu werden.

<u>Winnetou</u>
Kachina ist tot.
Ermordet von diesem Bleichgesicht
Er deutet auf Shylock.
Kann denn dieser Mörder Gnade erwarten?

Man hört von den Kriegern keine Laute, die diese Frage
verneinen.

Winnetou

Klekih petra hat uns gelehrt, nachsichtig zu sein.
Aber auch Winnetous Sanftmut hat Grenzen.

Shylock

Laut:

Mr. Shatterhand!
Könnt Ihr das als Christ zulassen?

Old Shatterhand

Oho, Ihr verlangt von mir, dass ich für Euch eintrete?

Shylock

Genau das verlange ich!

Winnetou

Zu seinen Kriegern
Bindet das Bleichgesicht los.

Old Firehand

Was hat Winnetou vor?

Winnetou

Winnetou war stets gerecht zu den weißen Männern wie
auch zu den roten Männern.

Old Firehand

Meinem Sohn hat deine Milde aber nicht geholfen.

Winnetou
Dein Sohn hatte den Pfad der Gerechtigkeit verlassen.
Seine Tat war unverzeihlich.
Old Firehand weiß das.

Old Firehand
Musste er den wegen eines einzigen Fehlers gleich vom
Jungen Adler hingerichtet werden?

Der Junge Adler tritt dazu.

Junger Adler
Um zu Shylock zu gelangen, beschimpfte der Sohn Old
Firehands den Jungen Adler im Lager der Apatschen, als ich
herausfand, dass er Kachina entführt hatte.
In einem kurzen Moment der Unachtsamkeit, schlug Old
Firehands Sohn den Jungen Adler nieder, erschoss zwei
Krieger der Apatschen und verließ das Lager. Der Junge
Adler folgte ihm und was dann geschah, hat Old Firehand
selbst erlebt.

Old Firehand
Ich schäme mich für seine Taten.

Winnetou geht zu seinem Freund Old Firehand und legt seine Hand auf dessen Schulter.

Winnetou
Old Firehand und Winnetou haben an diesem Tage einen schweren Verlust erlitten. Wir werden die Zeit der Trauer gemeinsam verbringen.

Die Kamera zeigt, nach einer Szenenüberblendung, wie die Apatschen fortreiten
(Panorama – Aufnahme).

Winnetou
Winnetou wird dem Banditen den Martertod ersparen. Er beruft sich auf den christlichen Glauben Old Shatterhands.

Shylock
Ah, eine feine Überlegung, die du da anstellst. Ich kann mir nicht vorstellen, dass bei uns der Tod einer Rothautschlampe nicht so viel bedeutet. Wenn…

Eine schallende Ohrfeige reißt sein Gesicht zur Seite. Winnetou steht ganz dicht vor ihm. Er zieht das Messer und drückt es in Shylocks Gesicht. Langsam zieht er die Spitze des Messers über dessen Wange, so dass ein langer Schnitt entsteht.
Shylock winselt.

Winnetou
Soll ich dir die Zunge herausschneiden?
Kommt noch ein einziges Wort über deine Lippen, werde
ich dafür sorgen, dass du für ewig schweigst!

Szenenüberblendung

Kachinas Leichnam ist aufgebahrt.
Sie liegt auf einer Decke und ist bis zur ihrer Hüfte ebenso
in eine Decke gehüllt. Unter ihr ist Reisigholz angehäuft.
Zwei Apatschen stehen an ihrem Kopfende, zwei am
Fußende.
Alle vier haben brennende Fackeln in der Hand.
Zentral am Fußende stehen Droll, Winnetou, Old
Shatterhand, Old Firehand und Hobble Frank.
Winnetou schreitet zu Kachinas Leiche, nimmt noch einmal
ihre Hand um sie an seine Brust (Herz) zu drücken.

Winnetou
Als Winnetou seinen Vater durch die Hand eines
Bleichgesichtes verlor, war sein Herz betrübt. Am gleichen
Tag verlor Winnetou auch seine geliebte Schwester Nscho-
tschi und sein Herz drohte vor Schmerz zu zerspringen.
Großaufnahme des Gesichtes Winnetous.
Auch heute ist Winnetous Seele in dunkle Schatten gehüllt.
Er nimmt Abschied von Kachina, die Winnetous Herz mit
Liebe erfüllt hat.

Nie wieder wird Winnetou sein Herz der Liebe einer Frau öffnen, sondern sein Leben nur noch für das Wohl seines Stammes einsetzen.

Kachina!

Möge Manitou mit dir sein, bis zu dem Tage, an dem wir uns in den ewigen Jagdgrünen wiedersehen.

Winnetou nimmt nochmals Kachinas Hand und drückt sie an seine Brust (Herz).

Dann geht er würdevoll zu seinen Freunden, gibt den Kriegern einen Wink, die dann an der Aufbahrungsstätte an den vier Enden das Holz unter Kachina zum Brennen bringen.

Die Aufbahrumgstätte brennt, die Kamera zoomt zurück, d. h. ein Kamerakran entfernt die Kamera immer weiter von dem Feuer

Schluss - Szene

<u>Winnetou</u>

Es ist an der Zeit, Abschied zu nehmen. Winnetou wird mit den Blauröcken einen Vertrag machen, der den Apatschen ihre Jagdgründe zusichert.

Manitu alleine weiß, was dieses sprechende Papier wert ist.

Lebt wohl meine Brüder.

Während die „Winnetou-Melodie" ertönt, reitet Winnetou einen Berg hinauf.
Auf dem Gipfel dreht er sich noch einmal um und grüßt seine Freunde noch mal.
(Hand mit zwei Fingern zum Herzen und zurück, so wie es in den Filmen gemacht wurde.)

Die Westmänner grüßen auf die gleiche Weise zurück.
Dann verschwindet Winnetou.

Old Shatterhand
Und was werdet Ihr nun tun, Mister Firehand

Old Firehand
Das, was ich mein Leben lang getan habe.
Ich streife durch den Westen, denn es geht nichts über die Freiheit eines Westmannes.

Old Shatterhand
Ich wünsche Euch von Herzen alles Gute.

Old Firehand
Ich danke Euch, lebt wohl.

Auch Old Firehand reitet weg.

Old Shatterhand
Und was werden wir nun tun, meine Herren?

Droll

Nun, ich würde sagen wir machen wieder nach der alten Welt.

Frank

Genau, kehren wir heim nach Sachsen, wie einst der verlorene Sohn zu seinem Vater.

Droll

So werden wir es machen, Vetterherz, wenn's nötig ist. Werdet Ihr uns begleiten, Mr. Shatterhand?

Old Shatterhand

Selbstverständlich. Machen wir uns auf den Weg.

Droll

Aber nur wenn's nötig ist.

Die Kamera zeigt die drei Männer von hinten auf ihren Pferden wie sie davonreiten. Sie werden aufgrund der Entfernung immer kleiner.
Die Old Shatterhand-Melodie erklingt.
*Nun sollte eine **ganz langsame** Szenenüberbeldung erfolgen.*
Während das Bild der Reiter immer mehr abnimmt, wird auch die Melodie leiser, es erscheint das Bild Karl Mays, der an seinem Schreibtisch sitzt.

Mit dem langsamen Erscheinen des Bildes mit Karl May
ertönt auch eine andere Melodie.

Ab hier in schwarz weiß:

Wir sehen einen alten Karl May an seinem Schreibtisch
(frontal).
Er schreibt mit einer Feder.
Die Kamera zoomt langsam auf May und überblendet.
Die Kamera „blickt" Karl May über die Schulter.
*Er schreibt in **altdeutscher** Schrift, während eine Stimme*
das Geschriebene spricht.

<u>Stimme</u>
Shylock wurde vor Gericht gestellt und wegen Mordes an
einer <u>weißen</u> Frau gehängt.
Der Vertrag zwischen Winnetou und den Blauröcken hatte
natürlich keine lange Gültigkeit.
Der Untergang der roten Rasse war nicht mehr
aufzuhalten.

Und auch Winnetou musste seinen letzten großen Kampf
noch bestreiten!

Aber das, ist eine andere Geschichte!!!

May klappt die Kladde zu.

Nachspann

<u>Ende</u>

Vom gleichen Autor bereits erschienen:

Wenn ich mich nicht irre..

Die Geschichte „Winnetou 1"
aus der Sicht von Sam Hawkens.